光文社文庫

文庫書下ろし／長編時代小説

神隠し
隠密船頭（九）

稲葉　稔

KOBUNSHA

光　文　社

この作品は光文社文庫のために書下ろされました。

『神隠し』

目次

小石川
白山
伝通院
神明宮
中山道
駒込
小石川御門
水戸徳川家
春日町
水道橋
千駄木
駒込追分
加賀前田家
本郷
道灌山
日暮里
霊雲寺
湯島天神
神田大明神
池之仲町端
不忍池
弁天
明神下
根岸
谷中
下谷広小路
東叡山寛永寺
外神田
下谷金杉町
御徒町
向柳原
三味線堀
広徳寺
幡随院
下谷竜泉寺町
甚内橋
元鳥越町
鳥越川
猿屋町
千住大橋
阿部川町
新吉原
御蔵前片町代地
新堀川
日本堤
東本願寺
御蔵前通り
御蔵前
御米蔵
首尾の松
浅草寺
小塚原
田原町
西仲町
材木町
浅草広小路
奥山
浅草
山谷町
新鳥越町
新鳥越橋
石原橋
御厩河岸之渡し
駒形町
並木町
雷門
花川戸町
日光道中
山谷堀
浅草橋場町
揚場
駒形堂
浅草
竹町之渡し
吾妻橋
今戸橋
今戸町
白鬚之渡し
中之郷竹町
中之郷瓦町
源森川
竹屋之渡し
三囲稲荷
長命寺
向島墨堤
木母寺
隅田村
小梅村
須崎村
寺島村
北割下水
法恩寺橋
業平橋
小梅村
天神橋
押上村
亀戸天神

麹町
千鳥ヶ淵
番町
半蔵御門
田安御門
虎之御門
西之御丸
新シ橋
外桜田御門
雉子橋御門
和田倉御門
江戸城
一橋御門
幸橋
南町奉行所
土橋
北町奉行所
汐留橋
数寄屋橋御門
鍛冶橋御門
呉服橋御門
常盤橋御門
神田橋御門
竜閑橋
鍛冶町
昌平橋
三十間堀
京橋
数寄屋町
西本願寺
日本橋
魚河岸
内神田
和泉橋
佐久間河岸
神田相生町
神田川
楓川
八丁堀
弾正橋
海賊橋
荒布橋
中之橋
大伝馬町
小伝馬町
通油町
亀井町
柳原土手
八丁堀組屋敷
江戸橋
南茅場町
日本橋川
小網町
亀島橋
中之橋
伝次郎の自宅
馬喰町
横山町
左衛門河岸
銀杏八幡
浅草橋
稲荷橋
川口町
亀島川
霊岸橋
一ノ橋
新川
北新堀町
箱崎町
崩橋
行徳河岸
箱崎川
浜町堀
両国西広小路
薬研堀
福井町
霊岸島
二ノ橋
佃島
石川島
永久橋
両国橋
柳橋
永代橋
下之橋
大川端
上之橋
万年橋
一ツ目之橋
尾上町
藤代町
大川
熊井町
佐賀町
今川町
新大橋
御船蔵
南本所元町
駒留橋
横網町
深川中島町
千鳥橋
大日横町
弁天町
松井町
相生町
回向院
御竹蔵
海辺大工町
六間堀
北之橋
六間堀町
亀沢町
油堀
材木町
万年町
猿子橋
中ノ橋
山城橋
竹河岸
越中島
亥ノ口橋
海辺橋
高橋
弥勒寺橋
二ツ目之橋
永代寺
富岡橋
深川
小名木川
仙台堀
緑町
蓬莱橋
富岡八幡宮
冬木町
深川元町
五間堀
本所
南割下水
亀久橋
霊巌寺
竪川
雲光院
三ツ目之橋
洲崎
木場
北辻橋
大横川
扇橋
猿江橋
南辻橋
新辻橋
亀戸村
長崎橋
西
北
東
南
四ツ目之橋
猿江町
御材木蔵
0
1km
横十間川

『神隠し　隠密船頭（九）』おもな登場人物

沢村伝次郎……南町奉行所の元定町廻り同心。一時、同心をやめ、生計のために船頭となっていたが、南町奉行の筒井和泉守政憲に呼ばれて内与力格に抜擢され、奉行の「隠密」として命を受けている。

千草……伝次郎の妻。

与茂七……町方となった伝次郎の下働きをしている小者。

粂吉……伝次郎が手先に使っている小者。元は先輩同心・酒井彦九郎の小者だった。

筒井和泉守政憲……南町奉行。名奉行と呼ばれる。船頭となっていた伝次郎に声をかけ、「隠密」として探索などを命じている。

神隠し　隠密船頭（九）

第一章　失跡

一

日本橋堀留町《にほんばしほりどめちょう》にある海苔《のり》問屋・磯松《いそまつ》で殺しがあったのは、六月十五日だった。夏の盛りで、江戸中が蟬《せみ》の声に包まれているとき。

殺しはその日の夜、店の帳場で起きた。殺されたのは徳助《とくすけ》という手代《てだい》で、腹を刺され、首を切られるという凄惨なものだった。

事件発覚は翌朝のことで、二階から下りてきた店の小僧が帳場の前を通ったときに見つけたのだった。帳場は血の海で、徳助はすでに息絶えていた。

手代殺しは自身番《じしんばん》に届けられ、南町奉行所に知らされたが、あいにく外役《そとやく》の与《よ》力《りき》・同心はそれぞれに事件を抱えており、身動きができなかった。

そこで、南町奉行の筒井政憲《つついまさのり》は、いまや自分の右腕となってはたらいている沢村《さわむら》伝次郎《でんじろう》に手代・徳助殺しの一件をまかせた。

伝次郎はすぐさま殺しの現場となった磯松に駆けつけ、主家族《あるじ》はもちろん奉公人と女中らから仔細《しさい》を聞き取り、下手人捜しを開始した。

下手人はいとも容易《たやす》く特定することができた。それは磯松で主に雑用掛《がかり》としてはたらいていた吉蔵《きちぞう》という男だった。

事件翌日から吉蔵の姿が消えていたからだ。伝次郎は手先として使っている粂吉《くめきち》と与茂七《よもしち》とともに吉蔵の足取りを洗い、三日後に浅草聖天町《あさくさしょうでんちょう》の煎餅《せんべい》屋・白《しろ》屋で捕《ほ》縛《ばく》した。吉蔵は逃げ場を失い、老夫婦が営んでいる白屋にうまい話を持ちかけ仮の宿にしていたのだった。

近所での聞き込みで、白屋に不審な男がいるという話を聞いた与茂七が、探りを入れてみると、それが吉蔵だったのである。知らせを受けた伝次郎と粂吉は、老夫婦の身の安全を確保したうえで、店に乗り込んであっさり吉蔵を捕縛した。

手代の徳助を殺したのは、単純なことだった。事件当夜、吉蔵は帳場に入り金箱《かねばこ》をあさっていたのだが、たまたま用足しに二階から下りてきた徳助に目撃され、口を封じるために殺したのだった。要するに金ほしさに盗みをはたらき損ねての殺しであった。

吉蔵に情状酌量《しやくりよう》の余地はなく、筒井奉行の裁きは、

「獄門《ごくもん》に処す」

であった。

しかし、まだ刑は執行されておらず、吉蔵の身柄は小伝馬町《こでんまちよう》の牢屋敷にあった。

暑い夏が去り、これからようやく過ごしやすくなる季節になったと気をゆるめていたら、その日はどういうわけか熱い日射しが江戸を照らしつけていた。そろそろ衣替えを考えていた矢先のことで、仕舞った団扇《うちわ》を慌《あわ》てて取り出し、袷《あわせ》の小袖《こそで》をやめて単衣《ひとえ》にするという始末だ。

日が暮れて秋風が吹きはじめてからようやく過ごしやすくなり、千草《ちぐさ》はほっと安《あん》堵《ど》の吐息をついて、店の前に出している床几《しようぎ》に腰を下ろした。

さっきまで夕日を受けていた亀島川《かめじまがわ》も薄暗くなり、数艘《そう》の荷船が鉄砲洲《てつぽうず》のほうに

下っていった。夕靄《ゆうもや》のなかを仕事を終えた行商人や職人、あるいは近所にある大名家の勤番侍《きんばんざむらい》たちの影が行き交っていた。

店の前にある高橋《たかはし》を男女が仲睦《むつ》まじそうに話しながらわたってくるのを見た千草は、あおいでいた団扇を膝の上に置いて、橋をわたって日比谷町《ひびやちょう》のほうに消える男女の影を見送った。夫婦者なのかそれとも恋仲なのかわからない。ただ、仲のよい若い男と女というのだけがわかった。

鈴虫《すずむし》の声に気づいたのは、その男女の姿が薄闇のなかに消えたあとだった。

（やっぱり秋なんだわ）

胸の内でつぶやきを漏らして、空に浮かんだ下弦《かげん》の月を見あげながら、いつまでこんな暮らしがつづくのだろうかと、ぼんやり考える。いまの暮らしに不満があるわけではない。祝言《しゅうげん》こそ挙げていないけれど、相方の伝次郎にも不足はない。大事にしてもらっているし、頼もしい男だ。

ただ、心配なのは伝次郎が町奉行の家臣である内与力《うちよりき》並みの扱いで、奉行所の仕事をしていることだ。仕事には危険が伴う。極悪人と立ちまわったり、逆恨みをされたり、はたまた危険を顧《かえり》みず悪の巣窟《そうくつ》に踏み込んだりもする。

そんな伝次郎の身も心配ではあるが、内与力は町奉行の直接の家来なので、町奉行が他の役職に異動すればいっしょについて行く。しかし、伝次郎は筒井政憲が南町奉行というお役目にあるときだけの雇いになっている。

筒井奉行はすでに高齢であり、奉行職も長い。いつ役目を降りるかわからない。それは今年いっぱいかもしれないし、来年早々かもしれない。もし、そうなれば伝次郎はただの浪人に後戻りだ。

当の本人は「船頭で暮らしを立てることはできる。懸念することはない」と言うが、船頭は力仕事だ。あと数年は心配ないだろうが、五十を超えたらこれまでのようにはいかないはずだ。それが六十になったらなおさらだろう。

先のことを考えすぎるのかもしれないが、千草はこの頃そんなことを考え、

(わたしもそれ相応に年を取ったのね)

と、自嘲《じちょう》する。

ゆっくり立ちあがると、前垂れを手で軽く払い、暖簾《のれん》をかけて、軒行灯《のきあんどん》に火を点《とも》した。暖簾と行灯には「桜川」という文字がある。深川《ふかがわ》にいる頃には「ちぐさ」という小料理屋をやっていたが、こちらに越してきてまた店を出すとは思っていなか

った。

しかし、暇と身を持て余す自分がいやになり、伝次郎に相談すると、いやな顔ひとつされず「やってよい」という返事があった。

儲《もう》けは少ないが客もつき、そこその商いにはなっている。店の四隅《よすみ》に行灯を点《とも》し、壁の一輪挿《いちりんざ》しには薄紫の芙蓉《ふよう》の花を投げ入れていた。

それは板場に入ってすぐのことだった。暖簾を撥《は》ねあげて入ってきたのは、身なりのよい中年の男だった。つづいて、品のある女も入ってきた。年は四十に届くか届かないかぐらいだろうが、どこか華やいだ雰囲気があった。着物は地味だが、その地味さが女の品を引き立てていた。

「つかぬことを伺《うかが》います」

先に入ってきた男が声をかけてきた。身なりはよいが、何やら差し迫った表情をしていた。

「なんでしょう」

千草は板場から出て応じた。

「こちらは、南御番所の沢村伝次郎様の奥様がなさっている店でございましょうか？」

千草はちょっとまばたきをして、そうだと答えた。

「わたしは堀留町の海苔問屋・磯松の茂兵衛《もへえ》と申します。これは家内のくらと申します」

女房のおくらが小さく頭を下げた。どこか険《けん》のある顔だが、殊勝《しゅしょう》な態度だ。

「なぜ、この店のことを……」

「沢村様が使っていらっしゃる与茂七さんから聞いたのです。旦那の奥様は高橋の近くで桜川《さくらがわ》という小料理屋をなさっていると。沢村様の奥様なのですね」

「……あ、さようです」

海苔問屋・磯松という名をどこかで聞いた覚えがあるが、千草はすぐには思い出せなかった。

「それで何かご用なのでしょうか？」

どうやら客ではなく、伝次郎に用があると察したので問うたのだった。

「折り入って沢村様にご相談したいことがあるのです」

「どうしても聞いてもらわないと困るのです」

おくらという茂兵衛の女房が言葉を添えた。茂兵衛同様に、切羽《せっぱ》詰まった顔をしている。

「相談とおっしゃいましたが、いったいどんなことでしょうか？」

茂兵衛は、おくらと一度顔を見合わせてから口を開いた。

「お話ししなければ沢村様に会うことはできませんか？」

「あなた、奥様だったら……打ちあけてもよいのではありませんか」

おくらが囁《ささや》くような声で、茂兵衛をうながした。千草が黙っていると、茂兵衛は一度生つばを呑み込んでから、「そうだな」とうなずき、自分たちの相談事を話した。

二

茂兵衛の話は長かった。千草は客が来たら困る、と心の片隅で思いながらも耳を傾けた。さいわい、その夜はどういうわけか客足がなかった。

茂兵衛は十三で海苔問屋の老舗《しにせ》・浜磯屋《はまいそ》に奉公に出た。浜磯屋は江戸一番と言われる山形屋と肩を並べるほどの大店だった。

勤勉な茂兵衛は二十歳で手代になり、三十歳で番頭、三十三歳で年季奉公を終えて暖簾分けをしてもらい、小さな店を出した。それが、いまの磯松だった。

おくらと夫婦二人の二人三脚ではじめた磯松は、思いの外《ほか》順調な商いとなり、二人の奉公人の他に女中も雇うことができた。

そんなさなか、長年奉公していた浜磯屋が火事に遭い、そのせいで身代《しんだい》が減少し、また店の主・作右衛門《さくえもん》が急死をした。長男が跡を継いだが、経営は芳《かんば》しくなく、また長男の遊び癖が抜けず、ついに店は危機に陥った。

見るに見かねた次男が跡を引き継ぎ、立て直しを図っている。

その一方で、茂兵衛の店が繁盛するようになった。

深川相川町《あいかわちよう》に出した小さな店も、江戸の中心地に近い堀留町に移し、間口五間《けん》(約九メートル)、奥行き十間(約一八メートル)の大店の仲間入りをした。奉公人も十八人を抱えている。

茂兵衛はいわゆる叩きあげの成功者だった。しかし、順風満帆《まんぱん》の営業状態に影が射した。それが、伝次郎が解決した手代・徳助殺しの一件だった。

「下手人の吉蔵は人足寄場《にんそくよせば》にいた男だったのです。吉蔵を雇うとき、わたしは反対したんです。元罪人をどうして雇うのだと……」

おくらは亭主の茂兵衛を咎《とが》めるように見た。

「吉蔵は人足寄場で真人間になっていたんだ。罪を犯して、十分自分の至らなさを思い知り、まっとうな道を歩む者がいるのはたしかだ。だから、わたしは雇ったのだよ」

「吉蔵は口入屋《くちいれや》が取り持ってくれたのでしょうか」

千草は目の前の二人に茶を出しながら訊《たず》ねた。

「いえ、井上直次郎《いのうえなおじろう》様のご紹介でした。井上様は隠居されたお旗本《はたもと》ですが、以前、吉蔵は井上様のお屋敷に奉公していたことがあるのです。人足寄場から出てきた者には、すぐに仕事は見つかりません。せいぜい、日傭《ひよう》取りか内職仕事です」

そうであろうと千草も思う。

「井上のお殿様はご贔屓《ひいき》筋なんです。とてもよくしてくださるお人柄のよい方なんです」

おくらの言葉には少し険が含まれていた。

千草はおくらの言った言葉の奥に、井上という旗本は「お人好しなんだ」という意味合いがある気がした。

「殿様は自分の屋敷で面倒を見たことがあるので、真人間になった吉蔵を見捨てられなかったのだよ。わたしもそう信じていたし、殿様の気持ちを汲《く》んでのことだったではないか」

「でも、吉蔵は真人間ではなかった。店の金を盗もうとしていたところを見つけた徳助を、殺したのですよ」

茂兵衛とおくらの口論に発展しそうになったので、千草が間に入った。

「吉蔵を雇った経緯《いきさつ》はわかりました。それで、ご相談はどんなことなんでしょう？」

茂兵衛は話がそれたことに気づき、ハッとした顔で千草を見た。

「わたしの店は罪人を出してしまいました。つまり、店に傷がついたわけです。そのことで客足が鈍り、離れてしまうご贔屓様もいらっしゃいます」

「殺しのあった店ですから、そうなっても不思議はありません。わたしだって、そんな店の海苔を買いたいと思いませんから」

おくらが言葉を添えてため息をつく。

千草はまだ二人の相談の内容がわからない。長い前置きなのか、それとも、これまで二人が話したことに相談があるのか……。

「海苔は食べ物ですから仕方ないと思いますが、困っているのは倅《せがれ》のことなのです」

茂兵衛はそこで、大きなため息をついた。ようやく相談事に辿《たど》り着いたようだ。

「うちには清吉《せいきち》という十三の倅がいます。わたしの跡取りになる長男です。その清吉が七日ほど前からいなくなったのです」

「……なぜ？」

千草は思わず訊ねた。

「手前どもにもわからないことなのです」

「家出をしたとかそういうことではないのですね？」

「家出をするような子ではありません。でも、悪いことが清吉の身に起きているんじゃないだろうかと、ろくろく眠ることができないのです。もし、どこかに連れ去られ……こんなことは考えたくないのですが、殺されているのではないだろうかと、気が気でないのです」

おくらはそう言ったあとで、深いため息をつき、膝の上の手を強くにぎり締めた。さも心配げな顔には、不安の色が濃く浮かびあがっていた。

千草はどこか険があり、自分とは肌が合いそうにないとおくらのことを思っていたが、どうやら情の深い女のようだ。

「すると、ご長男が誰かに拐《かどわ》かされたかもしれないと……」

千草の問いには茂兵衛がすかさず答えた。

「さようです。もし、どこかに連れ去られ、考えたくもない凶事が起きていたら、どうすればよいのだろうかと、気が気でないのです」

「番屋や御番所に相談はされていないのですか？」

「してません。もしそんなことになっていたら、また店に傷がつくことになります」

「店の傷より、ご長男の身の方が大切ではありませんか」

「おっしゃるとおりです。ですが、もし殺されていたら、二人も死人を出した店ということになります。凶事が重なる店は忌避《きひ》されます」

「すると、ご長男にもしものことが起きていたら、せっかくの商売が台なしになるとお考えなのでしょうか？」

「まあ、そういうことも考えはいたしますが、まずは清吉を捜さなければなりません。わたしと女房は八方手を尽くしてはいるのですが、どうにも目途《めど》が立たず困り果てているのです」

千草はようやく茂兵衛の相談が、清吉という長男を捜してほしいということだとわかった。

「誰かに拐かされたのなら、おそらく金目当てだと思うのですけれど、身代金をねだられているようなことは……」

「それがないのです。だから困っているのです」

おくらだった。

千草は虚空《こくう》に視線をめぐらしてから、二人に顔を向け直した。

「どこにいるかわからないご長男を捜してもらいたいので、うちの旦那に相談したいということなのですね」

「さようです。もし、捜してくださった暁《あかつき》には……」

茂兵衛は一度おくらを見てから、千草に顔を戻した。

「百両お支払いします」

茂兵衛とおくらは、ほんとうは五十両で相談に乗ってもらうつもりだったのかもしれない。しかし、それでは伝次郎が動かないと考え、金額の上乗せをしたように、千草には受け取れた。

（そんな人ではないのに……）

千草は胸の内でつぶやいてから、

「お話はわかりました。わたしのほうからよく話をして、明日にでも磯松さんを訪ねてもらうようにします」

と、答えた。

「お願いいたします」

茂兵衛とおくらは同時に言葉を重ね、申し合わせたように頭を下げた。

三

「旦那、明日も暇ですか？」

居候《いそうろう》の与茂七が、居間で晩酌をはじめた沢村伝次郎に声をかけてきた。

「暇であろうな。何の沙汰《さた》もなかったからな」

南町奉行の筒井の下ではたらく伝次郎に、直接指図をするのは筒井である。事件出来《しゅったい》となり、奉行所の与力・同心が手の離せない仕事を抱えていれば、すわ伝次郎の出番となる。その際には、筒井の使いの者が知らせにやってくる。

伝次郎は半月ほど前に海苔問屋・磯松で起きた手代殺しの一件を片づけてから、身を持て余している日が多い。

「それじゃ、久しぶりに釣りにでも行きませんか？」

与茂七は勝手に徳利の酒をぐい呑みに注《つ》いで、嬉《うれ》しそうな顔を向けてくる。与茂七は釣りが得意だ。

「いまの時季は何が釣れるのだ？」

伝次郎は盃《さかずき》を口に運んで訊《たず》ねる。肴《さかな》は千草が作り置いてくれた南瓜《かぼちゃ》の煮物である。田作《たづく》りが混ぜてあり、酒のいい供になっている。

「穴子《あなご》です。それからえぼ鯛《だい》でしょうね。川を少し上っていけば鮎《あゆ》も釣れます。海釣りもいいですが、たまには鮎釣りもなかなか面白いもんです」

「鮎か……」

伝次郎の頭に鮎の塩焼きが浮かぶ。天麩羅《てんぷら》にしてもよいが、鮎は塩焼きにかぎる。しかし、釣ったことはない。

「鮎釣りに行きましょうか。舟はおれが漕ぎますから、旦那はのんびり景色でも眺めていてください」

近ごろ、与茂七は伝次郎の猪牙舟《ちょきぶね》をときどき操ることがある。まだ半人前だが、少しずつ腕があがっているのはたしかだ。

一人前の船頭になるには「櫓《ろ》三年に棹《さお》八年」と言われるが、その気になってやれば、さほどの年月は要しない。伝次郎は櫓も棹も一年ほどで習得した口だ。

「ふーむ、それはよいな。おまえの腕も少しはあがってきたから、千住《せんじゅ》大橋の先まで行ってみるのも悪くないか」

伝次郎はその気になった。忙しくなれば、のんびり釣りなどできない。たまの気晴らしにはよいかもしれぬ。

「いやいや隅田川《すみだがわ》を上って行くのはいいですが、鮎なら鐘ケ淵《かねがふち》から綾瀬川《あやせがわ》に入ったほうがいいです。じつはガキの頃から目をつけている穴場があるんです」

「そこなら釣れるか？」

「旦那にだってひょいひょい釣れますよ。帰ってきたら鮎の塩焼きで、くいっと……」

与茂七は酒を飲む仕草をして、ほんとうにぐい呑みの酒を飲んだ。

「ならば行ってみるか」

「よっしゃあ、決まった！」

与茂七は膝をたたいて破顔《はがん》した。

そのとき玄関の戸の開く音がして、千草が戻ってきた。

「お帰り。今夜は少し早いのではないか」

伝次郎は居間にやって来た千草に話しかけた。

「今夜は客の入りが悪かったので、さっさと暖簾を下ろしました。それはいいのですけれど、とんだ相談事を受けてしまいました」

「相談事？」

「あとでお話しします。夕餉《ゆうげ》はどうされますか？　すぐに見繕いますけど」

「頼む」

伝次郎は夕餉の膳が調《ととの》うまで、与茂七と明日の釣りの話をした。朝早く出て行けば、昼下がりには戻ってこられると、与茂七は目をきらきらさせて声を躍らせる。

「ちょっとお待ちください」

二人の話を遮《さえぎ》ったのは千草だった。

皿に盛った鯛の刺身とたこのぶつ切りを運んできて、

「客の入りが悪かったので余ったのです」

と、伝次郎と与茂七の前に置き、すぐに言葉をついだ。

「磯松の主ご夫婦から相談を受けたのです。清吉というご長男が六日ほど前に神隠しにあったらしく、家に戻ってこないとおっしゃるの。それでその長男捜しをあなたに頼まれてほしいと……」

「長男捜しを……」

伝次郎は鯛の刺身をつまんだ。

「人捜しなら旦那がやるようなことではないでしょう。それに磯松というと、もしかして海苔問屋の磯松ですか？」

与茂七も鯛の刺身をつまんだ。

「そうです。先月、手代殺しのあった店です。与茂七、あなたはあの店のご主人にわたしの店のことを話したでしょう」

「へえ。いけませんでしたか……」

「いけなくはないけど、あのご夫婦がこの人に相談するために、わたしの店を訪ねてみえたのよ」

「旦那に長男捜しをやってくれって言ってるんですか」

与茂七は目をまるくして、伝次郎を見る。

「そう。わたしは安易にこの家を教えるわけにはいかないと思い、相談とさわりだけでも聞いておこうと考え、話してもらったのです」

「磯松の夫婦と言えば、茂兵衛とおくらであるな」

伝次郎だった。

「さようです。話を聞くと何だかややこしいのですけれど、このことは表沙汰にしたくない。もし表沙汰にしたら商売にさわるとお考えです」

「倅がいなくなっただけで、商売にさわることはないでしょう」

与茂七は呑気顔で言う。

「気まぐれな家出だったらそうでしょうけど、もし質《たち》の悪い悪党に連れ去られ殺されていたらただ事ではないとお考えなのよ。そんなことは望んではいらっしゃらないけれど、万が一のことを考えて慎重になられているのよ」

「それじゃ清吉を連れ去った悪党に心あたりがあるってことですか？」

千草は首を横に振って答えた。

「ないみたい。でも、もし考えたくもないことが起きていたなら、先月手代殺しという忌《い》まわしいことが起きたばかりなのに、そんなことが二度もつづけば店は立ち行かなくなると懸念《けねん》されているのよ」

「まあ、殺しが二件もあった店には、客は厄《やく》を嫌って寄りつかなくなりますからね」

与茂七は他人事《ひとごと》のように言う。もっとも他人事ではあるが、対岸の火事という体《てい》だ。

「番屋や御番所に相談はしているのか？」

伝次郎だった。

「どうしても内密に調べてもらいたい、そんなことができるのは、先月世話になったばかりのあなたしかいないと、磯松さんは頼りにされています」

「身代金をねだられているようなことは……」

「ないそうです。だから途方に暮れていらっしゃるの。茂兵衛さんは苦労人で、ようやく商売を大きくされた人だから、慎重になられているんです。ご長男が無事なら何よりですが、とにかく話だけでも聞きに行ってもらえませんか」

「気乗りしない話ではあるが、倅の命に関わることなら放ってはおけぬか」

「それから、ご長男を捜せたら百両のお礼をするとおっしゃっています」

「ひや、百両！」

頓狂《とんきょう》な声をあげ、目をまるくしたのは与茂七だった。

「金はともかく、話はわかった。明日の朝にでも磯松に行ってみよう」

伝次郎は残りの酒をあおった。

四

海苔問屋・磯松に来るのは先月以来だが、相変わらず立派な店構えで、奉公人たちの対応もよい。それに、扱っている商品を大事にしているという店側の意思がよくあらわれていて、すっきりとした清潔感がある。

伝次郎が店を訪ねると、帳場に座っていた番頭がすぐ茂兵衛に取り次いでくれ、奥の客間に通された。

「先だってはいろいろとお世話様でございました。お陰様で無事に徳助の供養もすますことができました」

迎えてくれた茂兵衛は丁寧に挨拶《あいさつ》をして口を開いた。

「何よりであった。それはともかく、話は聞いた。なんでもひとり息子の清吉がいなくなったそうだな」

「はい、それで困っているんでございます。どうしたらよいものかと女房と話し合った末に、沢村様にご相談をしてみたらどうだろうかということになり、昨日奥様のお店を訪ねたんでございます。沢村様のご自宅がわからなかったもので……」

茂兵衛は申しわけなさそうに頭を下げる。実直な男で、苦労人でもあるが、運のいい男でもある。ふっくらした面立《おもだ》ちはいかにも商売向きだ。

「それはかまわぬが、仔細を教えてくれぬか」

伝次郎がそう言ったとき、女房のおくらが茶を運んできて、伝次郎にあらためて挨拶をし、その場に腰を据えた。いっしょに話をしたいという顔つきだ。

「清吉がいなくなったのは八日前です。十三の遊び盛りで、これまでもひょいと家を出て夜中に帰ってきたり、友達の家に泊まりに行ったりすることがあったので、その日もそうだろうと思っていましたら、二日たっても三日たっても帰ってきません」

「翌《あく》る日に友達の家に行ってみればよかったのですけど、そろそろ帰ってくると思っていたのです」

おくらだった。整った面立ちで少しきつい性格に見えるが、情の厚い女だ。

「友達の家というのは、どこのなんという友達だね」

伝次郎は湯呑みを手に取って二人を眺めた。

「同じ町内の要助《ようすけ》という大工の倅です。大工と言っても父親は棟梁《とうりょう》ですが……」

茂兵衛が答えた。

「要助の家にはいつ行ったのだね？」

「清吉が家を出て三日後です。ですが、立ち寄っていませんでした。他にも二、三仲のよい友達がいますので、そちらのお宅も訪ねましたが、やはり清吉は行っていませんでした」

「翌る日はともかく、なぜ二日後に捜さなかった？」

「これまでも二日ぐらい勝手に家を空けることがありましたので、またそうだろうと思っていたのです」

「のんびりしているからです。わたしは心配だったのですよ」

おくらは責め口調で茂兵衛を見た。

「仕事が忙しいこともあったから仕方ないではないか。心配していたのなら、おまえが捜しに行けばよかったのだ」

「そのうち帰ってくると言ったのはどこの誰です」

痴話喧嘩《ちわげんか》になりそうだったので、伝次郎は手をあげて「まあまあ」と二人を宥《なだ》めた。

「番屋にも御番所にも届けないのはどういうわけだね」

千草からその理由は一応聞いているが、気がかりなことだった。茂兵衛はもじもじと膝を動かし、一度おくらを見てから答えた。

「ご存じのように手前どもは商売をやっております。先月は徳助が殺されるという凶事があったばかりです。そして、そのほとぼりも冷めぬうちに、また凶事がつづけば商売は難しくなります。そうでないことを祈ってはいますが、清吉にもしものことがあれば、厄つづきの店という噂が立つのは明らかです。そうなったら、客は離れていきます。その前に手を打たなければならないのですが、いい知恵が浮かばず、沢村様に相談したらどうだろうかと考えまして……」

茂兵衛は盆《ぼん》の窪《くぼ》に手をあてて頭を下げる。

「店が潰れたら奉公人たちも行き場を失ってしまいます。そんなことをあれこれ考えると、当分は表沙汰にしないほうがよいと思ったのです」

つまり厄という味噌をつけたくない。厄つづきだと店が潰れて、茂兵衛一家ばかりでなく使っている奉公人たちの暮らしも立ち行かなくなる。そういうことだろう。

伝次郎は茶を飲んで短い間を取った。障子に日があたり、部屋のなかがほのかに明るくなった。庭で鳴く鵯《ひよどり》の声がした。

「気持ちはわかるが、清吉の身を案じるなら、人手を借りたほうが早いだろう。そうではないか」

「たしかにそうですが、いま申したように清吉がもし……」

茂兵衛は口を引き結ぶ。忌まわしいことは言いたくないという顔だ。

「ま、わかった。とにかく清吉を捜したい。捜さなければならぬということであるな」

「沢村様だけが頼りでございます」

茂兵衛が頭を下げれば、おくらも両手をついて、

「お願いいたします」

と、深々と頭を下げる。伝次郎は断りにくくなった。茂兵衛夫婦が奉公人思いだというのは、先月の調べでよくわかっている。

それに清吉とも何度か話をしており、やんちゃながら人好きのする可愛い子だ。

「清吉がいなくなったのは八日前だったのだな。その日、どうやってこの家を出て

行ったのか、それはわかっているのか?」

「出て行ったのは日の暮れで、裏の勝手口から出て行っています。それを見た小僧と女中がいまして、女中がどこへ行くのだと聞いたら、清吉はすぐに帰ってくると答えたそうです。とくに変わった様子もなかったと言います」

「近所を聞いてまわったのですが、清吉を見た人はいませんでした。もっとも薄暗い時分だったので、はっきり顔が見えなかったのでしょう」

おくらが言葉を足した。

「清吉はどんな身なりだった?」

「白地に青い棒縞《ぼうじま》の絣《かすり》です。紺色の献上《けんじょう》の帯をしていました。それに草履《ぞうり》です。女中と小僧の話では何も持っていなかったということでした」

「清吉がいなくなっているのを奉公人たちも知っているのか?」

「親戚の家に行っていることにしています。拐《かどわ》かされたようなことは口にしていません」

茂兵衛はうまく話をしているのだろう。

「清吉を強く咎めたり、折檻《せっかん》したので、家出をしたということはないのだな」

「そんなことは一切ありません」

「行き先にあてはない。そうなのだな」

「困ったことに、何もないのです」

茂兵衛はしょぼくれたように眉尻を下げた。

伝次郎は座敷のなかに視線をめぐらしたあとで、

「清吉の部屋はどこだね。出て行ったままになっているのか？」

と、問うた。

「そのままです」

「見せてくれ」

五

清吉の部屋は茂兵衛とおくらの寝所《しんじょ》の隣にある四畳半だった。

簞笥《たんす》が一棹あるだけで、押し入れに布団がしまわれていた。衣紋《えもん》掛けに羽織と袷《あわせ》と袴《はかま》があり、部屋の隅に筆と硯《すずり》、そして数冊の本が重ねられていた。本はいかにも商売人の子供らしく、手習所《てならいじょ》で使う『商売往来』と「算術書」だった。

「書き置きなどはなかったのだな」

伝次郎は部屋のなかを眺めたあとで茂兵衛に聞いた。

「何もありませんでした」

「清吉が行きそうな場所に心あたりはないか？」

「いくつかありますが、すべてあたっています。清吉が立ち寄ったようなことはありませんで……」

伝次郎は念のために、その場所を聞いた。

大伝馬町《おおてんまちょう》二丁目の金魚屋、新材木町《しんざいもくちょう》の煎餅屋、近所の子供たちの遊び場になっている杉森《すぎもり》稲荷社。

「この店に恨みを持つような者はいないか？」

「恨みですか……」

茂兵衛は目をしばたたく。

「いやなことだが、茂兵衛を恨んでいる、あるいはおくらを恨んでいるような者だ」

「さあ、そんなことは……」

茂兵衛は首をかしげておくらを見た。すると、おくらが何かに気づいた顔をした。

「わたしは栄助《えいすけ》さんに恨まれているかも……」

「栄助……それは誰だ？」

「妹の亭主です。恩義も感じていなければ、義理も果たせないどうしようもない男なのです。だから、わたしは縁を切るとはっきり言ったことがあります」

これは聞き捨てならないことである。

「詳しいことを聞かせてくれ」

伝次郎が頼むと、茂兵衛がさっきの座敷に移ろうと促した。

元の座敷に戻ると、おくらは縁を切ったという栄助のことを話した。

「妹はおようというのですが、栄助という亭主はどうしようもない男なんです。何をやってもうだつのあがらない男で、商売をはじめてもうまくいったためしがありません。挙げ句わたしの父親に金を借りて返してもいないんです。昨年、父親は死にましたが、その葬式にも顔を出さないんです。そのときわかったことがあったんです」

「…………」

伝次郎は黙って耳を傾ける。おくらはよほど栄助を腹に据《す》えかねているのか、話すうちに顔を赤くしていった。

「栄助さんは例によって商売にしくじり、借金を拵《こしら》えていたんです。ですが、返済することなどできません。そこで女房のおように相談し、死んだおとっつぁんに泣きつき、尻拭いさせたんです。おとっつぁんもお人好しですが、娘の亭主のことでもあるし孫も二人いるので、泣く泣く借金の肩代わりをしました。わたしはそれとなく聞いていましたが、栄助さんは一年後には耳を揃《そろ》えて返すと約束していたんです。ところが、それは口だけで、びた一文《もん》たりと返していなかったんです」

「いくらだったのだ？」

「八十五両です」

伝次郎は眉宇《びう》をひそめた。大金である。

「父親はよくそんな金を持っていたな」

「おとっつぁんは日本橋の呉服問屋・近江《おうみ》屋の番頭を勤めあげ隠居していました。八十五両は老後のために、こつこつ貯めた金だったのです。それを栄助は借りて、返しもしない。すぐ返すからと、口だけは達者なんです」

興奮した口調で話すおくらは、茂兵衛の茶を一息に飲んでつづける。栄助のことはもう呼び捨てだ。

「おとっつぁんの金を騙《だま》し取ったも同じなのに、いざそのおとっつぁんが死んでも線香もあげに来ない。恩義を感じているなら葬式に顔を出すのが人というものではありませんか。いいえ、その前にいまは返せないので、もう少し待ってくれとか、いまはこれしか都合できないのでと、いくらか返していたのなら我慢もできます。ところがそんな義理立ては一切ないんです。おとっつぁんが死んで、借金を返さなくてすんだと安心しているんです。とんでもない騙《かた》りではありませんか。おっかさんも金を騙し取られたと嘆き、質素で地味な暮らしをしていくしかないと辛抱《しんぼう》しているというのに……」

一気にまくし立てたおくらは「ああ、栄助のことを思い出すだけで腹が立つ」と、着物の袖をつまんで噛んだ。

「つまり、そなたの父親は栄助の尻拭いをしてやったのに、義理立てをしていないということなのだな」

おっしゃるとおりです」

「金を借りたのはいつだね？」

「五年ほど前です」

「それなのに一文も返していないというわけか。それで縁切りをしたと言ったが……」

「だって腹が立つではありませんか。顔も見たくないし、縁を切るとはっきり言ってやりました」

「それで栄助はなんと……」

「これから少しずつ返していくと言いましたが、それも口だけでした。おっかさんのことがあるので、わたしも心配なんですが、おっかさんは少しボケてきて、金のことを忘れているようなんです。可哀想だと思いませんか。ひどいと思いませんか」

おくらが言わんとすることはよくわかる。栄助は筋の通らぬことをしている。

「それで栄助は何をしているんだね？」

「わかりません。妹の話だと講《こう》をやっているとか、気の合う仲間とつるんで脚気《かっけ》に効く薬を作っているとか、その薬ができれば大儲けできるとか、わたしに言わせれば夢みたいな話ばかりです」

栄助には会わなければならない。伝次郎は栄助の住まいを聞いた。

「深川佐賀町《さがちょう》の長屋住まいです。佐賀稲荷のすぐそばにある嘉兵衛店《かへえだな》です」

「他におまえさんらを恨んでいるような者はいないかね」

伝次郎は目の前の夫婦を眺めた。二人の首は横に振られた。

「とにかく、ひとつずつ調べていくことにする」

「お願いいたします」

茂兵衛が畳に額をつければ、おくらもそれに倣《なら》った。

六

海苔問屋・磯松を出た伝次郎は、その足で深川佐賀町に向かった。秋の日射しは弱く、雲も多い。永代橋《えいたい》をわたるときに受ける川風を冷たく感じた。

磯松の茂兵衛とおくら夫婦の依頼は断ってもいいのだが、そういうわけにもいかない。話を聞いているうちに、元気な清吉の顔が何度も脳裏に浮き沈みした。生意気盛りの十三歳だが、伝次郎の目には可愛く映っている。

茂兵衛もおくらも清吉が殺された、あるいは殺されるかもしれないと、不吉なことを考えている。もちろんそんなことは考えたくないことだ。

しかし、よくわからないのが、もし何者かに攫《さら》われたとすれば、それは金目あてだと考えるのが常套《じようとう》である。それなのに身代金の要求もなければ、誘拐者からの連絡もない。

清吉の行方を探るのは、いまは雲をつかむようなものだ。それでも手掛かりを探さなければならない。

気がかりなのは、こんなときに筒井奉行から新たな指図があることだ。そうなれば、清吉捜しは一旦中断しなければならない。

ともあれ、一刻も早く清吉を捜すことだ。

伝次郎には深川の土地鑑があるので、栄助の住まう嘉兵衛店はすぐにわかった。おくらが言ったとおり、佐賀稲荷のすぐ脇にあった。

長屋の家に栄助はいなかったが、女房のおようがいた。どこにでもある九尺二《くしやくに》間《けん》の小さな家だ。

伝次郎が南町奉行所の者であると知ったおようは、とたんに顔をこわばらせた。

「何かうちの人が……」

と、聞きもしないのに言う。亭主の栄助はあまり素行がよくないようだ。

「そういうことではない」

伝次郎は家のなかを眺めた。清吉を攫って匿《かくま》うような家ではない。狭い居間は寝床を兼ねており、隅に畳んだ夜具を隠す枕屏風《びようぶ》、有明行灯《ありあけ》、手焙《あぶ》り、そして小振りの箪笥が置かれている。台所の調度《ちようど》も少ない。三和土《たたき》には古びた下駄と雪駄《せった》があった。

「亭主はどこに行っているのだ？　仕事か……」

伝次郎はおようを眺める。姉のおくらに似てはいるが、色白で鼻筋の通った美人だ。

「仕事だと思います。あの、どんな御用で……」

おようは警戒心の勝った目を向けてくる。

「いくつか聞きたいことがあるだけだ。おまえさん、堀留町の海苔問屋・磯松の女房の妹だな」

間違ってはならないのでたしかめる。

「さようです」

「姉のおくらと栄助は仲があまりよろしくないと聞いたが……」

「……よくないです。姉はうちの亭主を嫌っていますから」

「なぜ嫌うか、そのことはあらまし聞いているので問わぬが、栄助はおくらをどう思っているのだろうか？」

「どう思っているかって、嫌われて縁切りされたので仕方ないとがっかりしています。あの、どうしてそんなことを……」

およう は小柄なので伝次郎を見あげる恰好《かっこう》だ。

「詳しいことは話せぬ。ただ、大事なことを調べているだけだ。おまえさんの亭主が悪さをしたとか、さようなことではない」

「では、なにを……」

おようはそこで立ち話に気づき、お茶を出すと言った。

「かまわなくていい。亭主の栄助だが、どこで何をしている？」

「わたしにもどこで何をしているかわからないのです」

おようはいつもそうなのだと、言葉を足した。

「では、いつ戻ってくる？」

「今日は泊まりだと言っていないので、日の暮れ時分だと思います」

それまでにはまだ間がある。

「ときどき泊まりで出かけるようだが、どこに泊まっているかわかるか？」

「それもわからないのです。詳しいことは話してくれないし、誰と何をしているのかもわからないんです。しつこく聞くと嫌がるか、腹を立てられるので、もう好きにさせています。家に入れるものさえ、入れてくれれば、わたしはそれでいいとあきらめていますから。甲斐性《かいしょう》のない人なんです」

「どんな仕事をしているかぐらいは聞いているだろう」

「いまは脚気に効く薬を作っていると、そんなことを聞いていますが、ほんとうかどうかもわかりません。いつも大きなことを言っては、しくじりの繰り返しなんです」

伝次郎はここで清吉のことを話したほうが得策かどうかを考えた。だが、栄助に会うまでは話さないほうがいいだろうと判断した。

「その薬をひとりで作っているとは思えんが、仲間がいるのだな」

「何人かいるようです。でも、わたしはもう聞かないし、あの人も話しませんから」

夫婦仲は芳しくないようだ。

「いまは二人暮らしか……」

伝次郎はもう一度家のなかに視線を這《は》わせて聞いた。

「娘と倅がいますが、いまは奉公に出ています」

「娘はいくつだね？」

「十七です。倅は十六です」

すると清吉の少し上だ。

「茂兵衛夫婦には清吉という長男がいるが、その二人の子供は清吉と仲がよいだろうか？」

伝次郎はおように表情の変化がないかと、視線をそらさずに問うた。

「十になるかならないかぐらいまでは、ときどき遊んでいましたが、うちの子たちが奉公に出てからは付き合いはないはずです」

おようの表情に変化はなかった。

「あの、何を調べているんです？　うちの人に関わることですか？」

「関わっているかどうかわからぬが、会って聞きたいことがあるのだ」

「わたしでわかることでしたら答えますけれど」

おようはそう言うが、伝次郎は出直すしかないと思った。

「いや、当人に会って聞きたい。夕刻に戻ってくるのなら、夜にでもまたくることにする」

七

栄助の長屋を出た伝次郎は、永代橋をわたり終えたところで立ち止まって、空をあおぎ見た。夏は去ったばかりだが、入道雲が聳《そび》えていた。その空で二羽の鳶《とび》が戯《たわむ》れるように飛んでいた。

栄助に直接会って話を聞かなければならないが、それまでは時間がある。磯松の裏にある勝手口から清吉が外に出て行ったあと、その姿を見た者はいない。茂兵衛とおくらの話ではそうであった。

暗くなった夕闇のなかをひとりで歩く清吉の姿が脳裏に浮かぶ。

親子喧嘩をしたのでもない。女中にはすぐ帰ってくるようなことを言っている。

友達の家にも立ち寄っていない。

清吉はいずれは磯松の跡取りになる長男だ。それに一人っ子なので、大事に育てられている。腕白ではあるが、性根《しょうね》は悪くない。友達とも仲良くやっている。そのことは手代殺しの一件を調べたときにわかっている。

（誰かに攫《さら》われたということか……）

もし、そうなら攫った犯人には目的があるはずだ。

磯松はいまや海苔問屋として山形屋と比肩《ひけん》する店である。当然犯人の目的は金であろうが、磯松には身代金の要求もなければ、何の連絡もないという。

いったいどういうことだ？

清吉が道に迷うというのは考えにくい。もう十三歳であるし、利口な子である。

あやまって川に落ちたなどというのも考えられない。

もし、何者かに清吉が攫われたとするなら、その目的がわからない。伝次郎はもう一度磯松に戻り、茂兵衛とおくらに会って親子仲や清吉の友達づきあいを訊ねた。

茂兵衛もおくらも、清吉を叱りはするが、それは清吉に非があるからで、清吉は素直にあやまり反省もすると言う。親子仲に溝《みぞ》ができているようなことは、他の奉公人に聞いてもなかった。

では、友達関係ではないかと考えた。子供は親も気づかぬ友達同士の諍《いさか》いを起こすことがある。もしやと思い、伝次郎は清吉の遊び友達三人に会ったが、些細《ささい》なことで喧嘩をすることはあるが、清吉を毛嫌いしたり、仲間外れにしたりはしていなかった。

伝次郎は日が暮れるまで時間を潰すために一度家に戻った。

千草はいつもより早めに仕入れに出ていたので、留守番をしていた与茂七がすぐにやって来た。

「見つかりましたか?」

伝次郎は首を振る。

「磯松は大店ですから、身代金を吹っかけられてるんじゃないですかね。もし番屋や御番所に届けを出したら、清吉の命はないと脅されている。かといって磯松は大金をあっさり払う気にはなれない。だから、旦那に相談したんだと思いますよ」

与茂七は自分なりに考えていたらしいことを口にする。

「内密におれに相談したわけは聞いたとおりだろう。もし、脅されているなら、そのことを話してくれたはずだ」

「金はねだられていないんですか?」

与茂七は信じがたいという顔をする。色白の顔がよく日に焼けて精悍《せいかん》になっている。

「いまのところ、そんな様子はない」

伝次郎はそう言ってから、おくらの妹・おように会ってやり取りをしたことや、清吉の友達に会ったことなどを話した。

「清吉と茂兵衛夫婦の親子仲も悪くない。清吉が拗《す》ねて家出をしたというのも考えにくい」

「旦那、やっぱ金目あてで誰かが攫ったんです。十三にもなる子供を攫うにはそれしか考えられないと思うんですけどね。三つや四つの子を攫うより面倒ではありませんか」

「たしかにそうであろうが……」

伝次郎は縁側に身を移して小さな庭を眺めた。垣根に咲いた朝顔が萎《しぼ》んでいた。その根方には白い花に混じって赤の水引《みずひき》があった。

「日の暮れ前にもう一度、栄助の家に行く。与茂七、おまえもついてこい」

「へい」

応じた与茂七は釣りができなかったのを残念がった。

日が西にまわり込む間、伝次郎は雑用をこなしながら、ときどき清吉について聞いた話を頭のなかで反芻《はんすう》したが、どうにも不可解である。もっとも聞き調べが不足しているのだというのはわかっている。

栄助とおくらの仲は険悪だ。栄助は恩義のあるおくらの父親への義理を果たしていない、いい加減な男という印象が強い。

また栄助の女房・おようも、亭主がどこで何をしているのかわからないと言う。つまり、おようは自分の夫を信用していない。栄助は稼ぎもさほどなさそうだし、山師《やまし》のようなことばかりをやっているようだ。

もっとも怪しいのはその栄助である。

伝次郎が与茂七を連れて家を出たのは、夕七つ（午後四時）の鐘音を聞いて間もなくのことだった。西の空に浮かぶ雲が夕焼けに染まっていた。薄紅色に薄紫色、高いところにある雲は薄い青であった。

「まだ、帰ってきていません」

栄助の長屋を訪ねると、井戸端で洗い物を終えたばかりのおようが、乏《とぼ》しい表情で言い、伝次郎のそばにいる与茂七を見た。

「これはおれの使っている者だ。怪しい者ではない。じきに日が暮れるだろうが、栄助とどうしても話をしたい。ここで待つのは迷惑だろうから、表の茶屋にいる」

伝次郎の言葉におようは何も答えなかった。

「あの女房、幸《さち》の薄い顔をしていますが美人ですね」

表の通りにある茶屋の床几に座るなり、与茂七が言った。

「幸薄い顔に見えるのは亭主のせいだろう」

伝次郎は茶を飲みながら気長に待つことにした。目の前を仕事帰りの職人や行商人が行き交っている。ときどき侍の姿を見るが、近くの大名屋敷に詰めている勤番侍がほとんどだ。

西の空が暗くなると、通りに薄靄《うすもや》が漂った。人の顔がだんだん暗くなり、遠くから歩いてくる者の見分けがつかなくなる。夜商いの店の掛け行灯《あんどん》に火が点され、そこだけぼんやりと明るくなった。

異変が起きたのはそれから間もなくのことだった。目の前を慌《あわ》ただしく駆けていった男が、栄助の長屋に飛び込むようにして入ったと思ったら、その男がおようを連れて通りに駆け戻ってきたのだ。

伝次郎は立ちあがって二人を呼び止めた。おようが夜目にも青白い顔を向けてきて、唇をふるわせるような声を漏らした。

「うちの、うちの亭主が殺されたそうです」

「なにッ」

第二章　天秤棒

一

栄助の死体は深川清住町《きよすみちょう》の自身番に置かれていた。

およう は栄助本人かどうか顔をたしかめるために筵《むしろ》をめくったが、とたんに顔をそむけ、その場にうずくまって嗚咽《おえつ》を漏らした。

「どうして、どうして、なんでこんなことに……」

伝次郎は憐憫《れんびん》を込めた目でおようを見、その場にしゃがんで筵をめくった。ひどい顔だった。鼻はひしゃげ、片方の眼球は潰れ、耳の上のあたりが陥没《かんぼつ》し、開いた血だらけの口の前歯はほとんど折れていた。

撲殺《ぼくさつ》されたのだとわかったが、こんなひどい死体を見たのは初めてだった。

「栄助なのだな」

伝次郎は自身番詰めの者たちに聞いた。誰もが息を呑み、恐怖を堪《たた》えている顔をしていた。

「身許《みもと》を調べるために、近所で聞いていると、知っている者がいたんです」

頭の禿《は》げた書役《かきやく》がふるえる声で答えた。

「その者は……」

伝次郎はそう問うてから、自分が南町奉行所の者であることを告げた。

「あっしです」

一歩踏み出したのは、魚屋の棒手振《ぼてふ》りだった。この人の住んでいる嘉兵衛店にはときどき立ち寄るんで知っていたんです、という。

「誰がどこで見つけた？」

この問いには別の男が書役の前に出た。自分だと名乗る男は、榊《さかき》稲荷の横にある空き地で見つけたのだった。その稲荷社は町の東にあった。

「なぜ、おまえはそこに行った？」

「あっしは家に帰る途中だったんですが、ちょいとその小便をしたくなって空き地に行って用を足していると、その空き地の隅に人がうずくまっているように見えたんです。声をかけても返事がないので、近寄ってみたら、心《しん》の臓《ぞう》が止まるほどびっくりしまして……」

栄助の死体を見つけたのは、大工だった。

「その近くに誰かいなかったか？」

大工は首を振って誰も見なかったと答えた。

「与茂七、ここにいろ」

伝次郎は与茂七に指図をしてから、大工といっしょに栄助が殺されていた空き地に行った。提灯《ちょうちん》を持った店番がついてきたので、死体のあった場所をよく照らさせた。

血痕が散っており、撲殺に使われたらしい棍棒《こんぼう》が転がっていた。棍棒は六尺棒と呼ばれたりする天秤棒だった。それにもべったり血がついていた。

殺しに使われた得物《えもの》がその天秤棒だというのは間違いなかった。血痕はまだ固まりはじめたばかりで、殺しから半刻《はんとき》（一時間）もたっていないはずだ。つまり、日の暮れかかった頃に凶行があったと考えられる。

自身番に戻ると、伝次郎は下手人を見た者がいないか調べるために、与茂七を聞き込みに走らせ、自分はおようが落ち着くのを待ってから話を聞いた。

「亭主が今日どこへ行ったかわからないと言ったが、ほんとうに知らなかったのか？」

おようは悲しみと涙を堪《こら》えるために、口を引き結んだまま首を横に振った。

「家を出るときにどこに行くということも聞いておらなかったのか……」

おようは力なくうなずく。

「栄助が誰と会っていたかもわからぬと……」

「ほんとうにわからないんです。聞いても教えてくれなかったんです。だからどこで何をしているのかも……」

おようは手拭いで目を押さえた。

「あの、旦那、死体はどうしましょう？」

書役が恐る恐るといった体《てい》で聞いてきた。

「明日の朝早く検死をやる。それまでどうするか、長屋の差配《さはい》と相談をしてくれ」

「嘉兵衛さんを呼んできてくれないか」

書役は店番に言いつけて伝次郎に顔を向け直し、

「何かやることはありませんか？」

と、聞いた。

「近所で聞き込みをやってくれないか。おれもやるが、その前にもう一度死体をあらためる」

上がり口に座っていた伝次郎は立ちあがって表に出た。栄助の死体は自身番横の地面に筵をかけて置かれていた。

提灯で照らして、顔だけでなく体をあらためてゆく。腕や足、そして横腹にも打撲痕があった。腕の打撲痕は自分の身を守るためにできたとわかる。

下手人は栄助の息が止まるまで、執拗《しつよう》に殴りつづけたのだ。悲鳴や荒い息遣いを聞いた者がいてもおかしくはないが、いまのところ撲殺に気づいた者はいなかった。

伝次郎は死体をあらため直してから聞き込みにまわったが、下手人に繋《つな》がる話はまったくといっていいほど聞くことができなかった。自身番の者も、与茂七も同じだった。

栄助の死体はそのまま自身番で預かることになり、翌日検死が終わったあとでおように引きわたすことが決まった。

長屋の差配をしている嘉兵衛は、およように代わって通夜や葬儀の段取りをつけたが、

「通夜はいりません。あんなひどい顔になっているんです」

およう は通夜を断った。

伝次郎はその夜の調べを打ち切ると、一旦引きあげることにした。

「旦那、とんでもないことになりましたね」

自身番を出てからずっと黙り込んでいた与茂七が口を開いたのは、永代橋をわたりきったところだった。

「明日の朝早くお奉行にこの一件を話しに行く。おまえはこれから粂吉の家に行って、ことの次第を知らせてこい」

「呼んでこなくていいですか？」

「今夜はいいが、明日の朝家に来るように言ってくれ」

「それじゃ行ってきやす」

与茂七はそのまま駆け去り、闇のなかに消えていった。

二

翌朝早く、伝次郎は南町奉行所の門をくぐった。


奉行の筒井政憲が忙しいのは承知している。町奉行はほぼ毎日四《よ》つ（午前十時）までに登城し、老中《ろうじゅう》に接見し御用を伺い、諸役の重臣《じゅうしん》らと御用文書を取り交わしたりする。諸事がすめばそのまま下城し町奉行所に戻り、罪人や訴訟の吟味を行わなければならない。

まことに多忙な毎日であるが、登城前の朝はとくに慌ただしい。伝次郎は内玄関に入ると、詰めている奉行の家来に取次を頼み、用部屋にあがって待った。

「沢村、朝早くにいかがいたした？」

待つほどもなく筒井が襖《ふすま》を開いてあらわれた。継裃《つぎがみしも》ではなく楽な着流し姿だった。

「はは、早い訪《おとな》いの失礼を顧みず参上いたしましたのは、昨夜深川清住町にて殺しが起きたからでございます」

「なに、殺しだと。仔細を申せ」

腰を下ろした筒井は眉宇《びう》をひそめて、話を促した。伝次郎は榊稲荷の隣の空き地で撲殺されていた栄助のことを詳しく話し、

「たまさかわたしが近くにおりましたのでその殺しに関わりましたが、この一件わたしにおまかせいただけませぬでしょうか。もし、他のご用がおありならば、そちらに取りかかる所存ではございますが……」

伝次郎はゆっくり顔をあげて筒井を見た。

筒井は剃りたての顎《あご》のあたりをするりと撫《な》で、短く思案した。すでに還暦《かんれき》を過ぎている筒井ではあるが、血色はよく目の輝きも衰えていない。

福々しい温厚な面立ちだが、善悪を見分ける慧眼《けいがん》は冴え、また下情《かじょう》に通じている人物である。

「他の外役からその一件はあがってきておらぬが、そなたが最初に関わったのであれば、他の与力・同心を動かさずともよいだろう。よい、そなたにまかせる。それにしても、ひどい殺しであるな」

「朝から斯様《かよう》なことをお伝えし、まことに申しわけもございませぬ」

「気にするでない。わざわざの伺い立て大儀《たいぎ》である」

「はは。では早速にも調べにかかります故《ゆえ》、これにて失礼つかまつります」

伝次郎は深々と頭を下げると、そのまま奉行所をあとにした。

表門を出るとすぐに与茂七と粂吉が駆け寄ってきた。

「お奉行の許しは得た。栄助殺しを調べる。ついてまいれ」

伝次郎はそのまますたすたと歩き出した。筒井奉行に伺いを立てにいったが、服装はあらためておらず、着流しに雪駄、そして黒羽織をつけていた。

「栄助が昨日どこへ行って、誰に会っていたか、それを調べなければならぬが、おまえたちは栄助の女房・およように会い、もう一度そのことを聞いてくれ。ここしばらくは亭主の栄助がどこで何をし、誰に会っていたかおようは知らぬようだが、前に遡《さかのぼ》って調べる必要がある。何かわかったら、早速聞き調べをやってくれ」

「旦那はどうされるので？」

粂吉が聞いてきた。

「おれはおようの姉・おくらから話を聞かねばならぬ。おくらは栄助と縁切りをするほどの仲だった。そのことは与茂七がよく知っているので、聞けばわかる」

言われた粂吉は与茂七を見た。

「歩きながら話します」

与茂七が答える。

「おれは用をすませたら、清住町の番屋に行く。何かわかったことがあれば、親方に言付けておいてくれ」

親方というのは、自身番の書役のことだ。

伝次郎は京橋《きょう》をわたったところで、粂吉と与茂七と別れ、そのまま堀留町二丁目の海苔問屋・磯松に足を向けた。

「沢村様」

店の暖簾をくぐるなり、帳場に座っていた茂兵衛が腰をあげた。伝次郎が話があると短く言えば、

「こちらへおあがりください」

と、奥の座敷へ案内した。

向かい合うと、すぐにおくらがやって来た。

「清吉が見つかりましたか?」

おくらは店の者に聞かれてはまずいと思ったのか、一度廊下に顔を向け、声を抑えて聞いた。

「清吉を捜す手掛かりはないままだ。それより、おようの亭主・栄助が昨日何者かに殺された」

茂兵衛とおくらは同時に「えっ」と、驚きの声を漏らした。

「ほんとうでございますか……」

おくらは身を乗り出して問うた。伝次郎はその顔をまじまじと見てから、清住町の空き地で殺されていた栄助のことを話した。

「ひどい殺しだ。顔がわからないぐらいに殴りつけられていた。探索をはじめているが、こっちの仕事もできた」

「それじゃ清吉のことは……」

茂兵衛が不安そうな顔をする。

「清吉捜しはやるが、栄助殺しの下手人捜しもやらなければならぬ」

茂兵衛とおくらは顔を見合わせた。

「ついては訊ねるが、昨日の夕刻、二人はどこにいた？」

伝次郎は静かに聞くが、些細な表情の変化ひとつ見逃さないという目を二人に向ける。

「昨日の夕方はこの店にいました」

茂兵衛が答えれば、おくらも同じ返答をし、

「まさか、わたしが栄助を殺したとお考えなのですか？」

と、伝次郎をまっすぐ見た。

「そうは思っておらぬが、そなたは栄助と仲違《たが》いをしておった。念のために聞いただけだ。されど、そのことを証《あかし》してくれる者はいるか？」

茂兵衛とおくらは顔を見合わせた。

「奉公人は誰もが知っています」

茂兵衛が言うので、伝次郎は誰でもよいからここへ呼べと命じた。

呼ばれてやって来たのは若い手代だった。その手代は、主夫婦が昨日は店から出ていないことをはっきり証言した。その言葉に偽りは一切感じられなかった。他の奉公人に聞いても同じだろうと判断した伝次郎は、呼ばれた手代を仕事に戻して言

葉をついだ。

「栄助は話からするに山師のようだった」

「とんでもない山師です。嘘つきで恩義を知らない薄情者です」

おくらの栄助に対する腹立ちは、殺されたとわかっていても収まっていないようだ。

「その栄助は脚気に効く薬を作り一山当てようと目論《もくろ》んでいたようだが、それには仲間がいる。その仲間に二人は心あたりはないか？」

「わたしはあんないい加減な男のことは何も知りません」

おくらが先に答えた。

「わたしも栄助さんのことはよくわからないのです。商売をやってはしくじってばかりだし、金を貸しても返してもらったことはありませんし……」

茂兵衛はため息をついて首を振った。

「金を貸したことがあるのか？」

「三度ばかり貸したことがあります。大した金高《かねだか》ではありませんが、女房の妹の亭主ですから無下《むげ》にもできませんし、最初はちゃんと返してくれたのです」

「返してくれたのは、その一度きりですよ」

おくらが言葉を添える。

「まあ、金の貸し借りはともかく、栄助が付き合っていた者を知りたいのだ」

茂兵衛とおくらは顔を見合わせて首をひねるだけだった。

「栄助さんとは親戚の間柄ですが、深い付き合いはしていなかったので、あの男がどこで誰と付き合っていたかまではわかりません。そんな話もしたことがありませんで……」

茂兵衛がそう言えば、おくらも同じようなことを口にした。

「どちらかと言えば疎遠《そえん》でしたし、人を食い物にするような人でしたから……」

伝次郎はおくらの言葉に引っかかりを覚えた。

「人を食い物にすると言ったが、そんなことがあったのか？」

「あったかどうか知りませんけれど、苦労しないで得しようという男だったのはわかっています。この店が波に乗ってきたときには、何か商売の足しになることなら手伝うと、そんなことを言われたこともあります。そのとき、言われたことをわたしはいまでも忘れません。わたしは他力本願《たりきほんがん》だからと言ったんです。ほんとうの意味はそうじゃないでしょうが、あの人は他人を頼り、そしてその人を食い物にするんだとわかったんです」

「まあ、そういう男だったのはたしかです」

茂兵衛はそう言ってから、すぐに言葉を足した。

「とにかくどうにもしようのない男でしたが、死んだとなれば、何かしなければなりません。おまえ、どうする？　妹の様子を見に行ったらどうだね」

茂兵衛が言うのへ、おくらは「そうですね」と気乗りしない返事をし、

「沢村様、栄助のこともございますでしょうが、清吉のこと忘れないでくださいませ」

と、頭を下げた。

「わかっておる」

三

栄助殺しについては、栄助自身のことを詳しく調べなければならない。おくらが

言ったように、他人を食い物にする男だったならば、おそらく恨みを買っていたはずだ。

さりとて、栄助がどんな人間と付き合っていたか、それを調べるのも急がれる。

磯松を出た伝次郎は、そんなことをつらつら考えながら深川に足を向けていた。

やはり栄助のことを一番知っているのは、女房のおようであろう。

亭主を亡くしたばかりで心は穏やかでないだろうが、下手人に繋がる何かを知っていてもおかしくはない。他人ならともかく、栄助はおようの亭主だったのだ。夫婦の間に隠しごとがあったとしても、夫婦なら互いに何かを感じ取るものだし、互いに愚痴をこぼしもする。

これまでの話から栄助は山師のような考えを持っていた。だが、うまくいってはいなかった。愚痴のひとつや二つこぼしていてもおかしくない。それは仲間への不満や悪口だったかもしれない。

伝次郎は永代橋をわたり左に折れて歩きつづける。大川《おおかわ》の岸側には何棟もの蔵が建ち並んでいる。蔵から商品を運び出したり、また仕舞ったりしている男たちがいる。

通りに軒を列ねる商家の暖簾が秋風に揺れていた。

清住町の自身番に入ると、はげ頭の書役が、検死の同心が来たことを告げた。伝次郎は筒井奉行を訪ねる前に、その手はずをしていたのだ。

「もう帰ったか？」

「へえ、死体をあらため終わったらすぐに帰られました」

伝次郎は表を見た。筵掛けの死体はもうなかった。棺桶に入れられ、長屋に運ばれているのだ。

「死因はやはり殴られたことによるものだった。そうだな」

「おそらく耳の上を殴られたのが、死に繋がったのだろうとおっしゃってました。いろいろ書き取っておられましたが、その調べ書きが入り用なら沢村様に控えをおわたしすると言付かっています」

検死をやったのは福地《ふくち》という同心だ。自宅の組屋敷を知っているので、いつでも福地には会えるが、検死書を見ても探索の役には立たないだろう。

「おれの手先が来たはずだが、何か言付かっていないか？」

いまの伝次郎にはそちらのほうが大事だった。

「一度顔を出されましたが、すぐに出て行かれました」

「栄助殺しの手掛かりになるようなことはわかっておらぬのだな」

「手前どもも町内の家々を聞いてまわりましたが、何もわかっていません」

伝次郎は小さく嘆息《たんそく》してから、書役にまた来ると言って自身番を出た。

まずは栄助の撲殺死体が発見された空き地に足を運んだ。昨夜は暗くて提灯のあかりを頼ったが、いまはその必要はない。昨夜見落としたことはないかと、目を皿にしてあたりを仔細に眺めた。

空き地は三十坪ほどだ。雑草が生えていて、東側と西側、そして南側は長屋の板塀と板壁である。北側は幅一間半（約二・七メートル）ほどの道で、道の向こうは仙台《せんだい》藩伊達《だて》家の蔵屋敷の長塀である。

人通りはさほど多くない場所だ。空き地の隅には、昨夜気づかなかったが甘い匂いを放つ金木犀《きんもくせい》があり、そのそばに二本の柾《まさき》があった。それから少し離れたところに椿《つばき》の木があり、栄助が倒れていた場所があった。

通りから丸見えで身を隠す場所はない。下手人の犯行はそれだけ素早く行われたと思われる。それに栄助はうめきは漏らしただろうが、悲鳴や怒声を発することができなかったのかもしれない。

地面にはすでに乾いているが、いまだ血痕が残っていた。足跡はないだろうかと地面をゆっくり眺めていく。下手人はひとりではなく、複数だったかもしれない。

しかし、雑草の生えた地面に足跡を見つけることはできなかった。雑草の踏まれたあとはあるが、それは自分や昨日栄助の死体を見つけた大工や自身番の者たちによるものが多そうだ。

（人数はわからんか……）

伝次郎は顎をするっと撫でて空き地を出ると、おようの長屋に向かった。

棺桶が木戸口の脇に目立たないようにして置かれ、さらに筵で隠されていた。

おようの家を訪ねると、そこに茂兵衛とおくら、そして娘と若い男がいた。

「沢村様……」

声をかけてきたのは茂兵衛だった。おくらが小さく頭を下げる。

「もしや、この子たちはおようの……」

伝次郎は若い男と娘を見た。

「倅の恵助《けいすけ》と娘の花《はな》です。御番所の旦那様だよ」

おようが伝次郎を紹介すると、恵助と花は暗い顔で頭を下げた。花は泣き腫《は》らした目をしていた。

「およう、何か下手人に繋がることを思い出したか?」

伝次郎は居間の上がり口に腰を下ろして聞いた。

「昔あの人が付き合っていた人を思い出しましたが、いまも関わりがあるかどうかわかりません」

「昔というのはいつだ?」

「四、五年前です。あの頃、うちの亭主は生糸《きいと》の仲買《なかがい》をしていまして、深谷《ふかや》や熊谷《くまがや》に足繁《あししげ》く通っていました」

深谷と熊谷は養蚕《ようさん》の盛んな地だ。

「そのとき仲間がいたんだな?」

「会ったことはありませんが、万作《まんさく》とか幾右衛門《いくえもん》という名を聞いたことがあります」

伝次郎はぴくっとこめかみを動かした。すると、そばに座っている恵助が口を開いた。

「わたしは万作さんに会ったことがあります」

「いつのことだ？」

伝次郎は恵助を見た。知らせを受けて急いで駆けつけてきたらしく、奉公先であてがわれたらしいお仕着せを着ていた。

「去年です。うちの店に来たんです」

「店というのは？」

「浅草黒船町《あさくさくろふねちよう》にあるわたしの奉公先です。池田屋《いけだ》という墨筆硯問屋です。店の前の掃除をしているときに、声をかけられたんです。それから二、三度お見えになり、土産にと菓子をいただきました」

「去年のいつ頃だ？」

「師走《しわす》に入る前だったはずです。だから十一月だったと思います。雪のちらつく寒い日でした。おとっつぁんは元気かと聞かれましたが、夏の藪入《やぶい》りで家に帰ったときは元気だったと、そんな話をしました」

「万作がどこに住んでいるかわかるか？」

恵助は首をかしげた。

「どんな男だね。年や体つきだが……いや、それはいい」

人相風体《にんそうふうてい》はあとで人相書《にんそうがき》を作ればわかるので、伝次郎は他のことを聞いた。

「なんの仕事をしているか知らぬか？」

「それもわかりません」

「およう、万作のことを知らぬか？」

伝次郎はおように顔を向けた。

「わたしは名前を聞いただけで、会ったことがないので……」

おようがそう答えたとき、戸口に人が立った。

「おようさん、支度ができたらそろそろ行きますか」

声をかけてきたのは長屋の差配だった。伝次郎に気づき、ぺこりと頭を下げ、これから野辺《のべ》送りだと言う。伝次郎もさすがにその邪魔はできない。

「寺はどこだね？」

伝次郎はおようと差配の嘉兵衛を交互に見た。

「平野町《ひらのちょう》にある海福寺《かいふくじ》です」

嘉兵衛が答えた。

「およう、恵助、またあとで話を聞かせてくれ」

伝次郎はそう言って立ちあがった。

四

伝次郎が清住町の自身番に戻ると、与茂七が茶を飲んでいた。何かわかったかと聞いたが、与茂七は首を横に振った。

「栄助が殺されたのは、まだ暗くなっていない時分だった。あの空き地から出ていく不審なやつの姿を誰か見ていても、おかしくはないと思うのだがな」

伝次郎は独り言《ひとごと》のようにつぶやき、上がり口に腰を下ろした。

「栄助を見た者がいないか、それも聞き調べたんですが、誰も見ていないと言うんです。空き地の前は人通りが少ないからかもしれません」

「栄助は下手人といっしょにあの空き地に入ったのか、それとも下手人は栄助を待ち伏せしていたのか……」

伝次郎はまたつぶやきを漏らした。

「栄助がどっちからやって来たかも考えなきゃなりませんね」

「それも大事なことだ」

伝次郎が与茂七に応じたとき、店番が茶を差し出してくれた。

「それから得物の天秤棒だ」

伝次郎は壁に立てかけられてある天秤棒を見た。付着した血が黒いしみになっていた。

「下手人は天秤棒を持ち歩いていたのか、それともあの空き地に前もって置いていたのか。あるいは、たまたまそばに転がっていたのか……」

「持って歩いてりゃ、それが目印になりますね」

与茂七は目を光らせた。

「それから栄助といっしょに仕事をしていた仲間のひとりがわかった。万作という男だ。そやつはおようの倅・恵助を知っている。恵助も顔を知っている」

「何もんです？」

「わからぬ。栄助の仕事仲間だったようだ。昨年の十一月頃に恵助の奉公先に何度かあらわれている」

「恵助の奉公先はどこです？」

「浅草黒船町にある池田屋という墨筆硯問屋だ」

「万作はその近くに住んでいるのかもしれませんね」

「家移《やうつ》りしていなければ、近くに住んでいると考えてよいだろう」

「旦那、とにかくおれはもう一度聞き込みをしてきます。得物を持って歩いていた下手人を見た者がいるかもしれません」

与茂七はそう言って自身番を出て行った。

伝次郎は見送ってから茶に口をつけ、栄助の野辺送りはいつ終わるだろうかと考えた。栄助を埋葬する寺はわかっている。

行ってみようかと思った。待って時間を潰すよりそっちのほうがいいかもしれない。そう思って腰を浮かしかけたときに粂吉が戻ってきた。

「いらっしゃいましたか……」

粂吉は戸口を入りながら伝次郎を見た。

「何かわかったか？」

「さっぱりです。下手人らしき男はともかく、栄助を見たという者もいません。ただ、栄助の顔を知らない者もいますので、人相書を作ったほうがいいと思うんですが……」

「そうだな。人相書は二つ作る。ひとつは万作という男のだ」

伝次郎はそう言って、おようの倅・恵助が万作に会っていることと、栄助との関係を手短に話した。

「それじゃ急いだほうがよいですね。絵師はいかがなさいます？」

「ひとっ走りして呼んできてくれないか。八丁堀《はっちょうぼり》には茶を挽《ひ》いている絵師がいるはずだ」

八丁堀には数人の絵師が住んでいて、ときどき町奉行所の似面絵《にづらえ》を描いて小銭稼ぎをしている。

「誰でもいいですね？」

「かまわぬ。絵師はここに呼んでくれ。親方、迷惑なら場所を変えるが……」

伝次郎は文机《ふづくえ》の前に座っている書役を見た。

「いえ、かまいません」

「そういうことだ」

「わかりました。与茂七はまだ戻ってきませんか？」

「一度戻ってきたが、殺しに使われた得物を持って歩いている者がいたかもしれんので、また聞き込みに走っている」

伝次郎は粂吉が自身番を出て行くと、それからほどなくして野辺送りの行われている海福寺に向かった。

仙台堀《せんだいぼり》の河口に架かる上之橋《かみのはし》をわたり、堀沿いに足を進める。昨日の夕暮れに栄助もこの道を辿《たど》ったかもしれないと思う。しかし、殺された場所は仙台堀の北側にある清住町だ。住まいの長屋は反対の南である。

昨日、栄助がどこへ行っていたのか、それがわかれば殺された空き地までのおよその足取りをつかめるのだがと、伝次郎は堀沿いの道の先に視線を投げた。

大八車とすれ違い、籠《かご》を背負った行商人とすれ違う。楽しそうに笑いながら立ち話をしている三人の娘を横目に見て、海辺橋《うみべ》の袂《たもと》を右に折れた。その先に海福寺はある。

境内に入り、本堂裏の墓地に立ち入ると、お経をあげている僧侶の声が聞こえてきた。埋葬は終わったようだ。僧侶の背後におようと二人の子供、そしておようの姉夫婦と差配の嘉兵衛の姿があった。それから棺桶を埋めたらしい寺男が二人、鍬《くわ》を持ったまま卒塔婆《そとば》の立てられた土盛りのそばに立っていた。

待つまでもなくお経が終わり、それで散会となった。おようは墓地の入り口に立つ伝次郎に気づいて小さく頭を下げた。

おくらが足を速めて伝次郎に近づくなり、

「沢村様、栄助殺しの下手人捜しもあるでしょうが、清吉のこと忘れないでください」

と、こわばった顔で言った。

「わかっている」

「お願いいたします」

おくらは深々と頭を下げて歩き去った。伝次郎は遅れてやって来たおようと恵助に声をかけ、もう一度話をさせてくれと頼んだ。

五

おようの長屋に残ったのは、娘の花と倅の恵助だけだった。茂兵衛夫婦はそのまま自分の店に戻っていた。

「しつこいようだが、なにか他に思い出すことはなかったか？」

居間にあがっておようの前に座った伝次郎は聞いた。

「よくよく考えれば、あの人は商売を替えるたびに付き合う人が違っていたということです。生糸の仲買をする前は、骨董《こっとう》集めをしていました。そのとき付き合っていた人は……」

おようは少し考えてから、ああ思い出せないと、焦《じ》れたようにつぶやいた。

「生糸の仲買は、四、五年前だったのだな。それはいつまでやっていたのだ？」

「二年ほど前までだったでしょうか。うまくいかなくなったらしく、いつの間にかやめていまして……」

「それで脚気の薬で一山あてようとしていた」

およはうなずいた。

「稼ぎはあったのかね？」

「暮らしていけるだけの金は入れていました。どんな金なのかもう聞く気にもならなかったので、持ってくれれば黙って受け取るという按配《あんばい》で……」

「その金の出所はわからない」

「はい」

おそらくおようと栄助の夫婦仲は冷めていたのだろう。離縁も考えていたかもしれないが、そんなことを聞いても下手人捜しに役立つとは思えない。それに娘の花と倅の恵助の前である。

伝次郎は恵助に顔を向けた。

「万作という男のことだが、その後おまえの店の近くで見かけたようなことは、どうであろうか？」

「ありません」

恵助ははっきり答えた。

「万作とはどうやって知り合った？」

「おとっつぁんと縁日に行ったとき、万作さんがいっしょだったんです。この家の近くで会ったこともあります」

「それはいつのことだ？」

「奉公に出る前ですから三年ぐらい前だったはずです。会うと飴《あめ》や煎餅を買ってくれ、可愛がってくれました。それでよく覚えているんです」

「そんなことがあったの……」

おようが意外だという顔を恵助に向けた。

「万作の顔はよく覚えているな」

伝次郎は恵助を見て問うた。

「会えばすぐにわかります」

「似面絵を作るのだが、思い出しながら絵師の力になってくれぬか」

恵助は目をまるくした。

「覚えているかぎりのことを絵師に話すだけだ」

「わかりました。でも、いつです？」

「これからだ。清住町の番屋に絵師が来ることになっている。父親の敵《かたき》を討ちたければ、下手人を捜すしかない。似面絵はそのために作るのだ」

「あんた、しっかり思い出してお話ししな」

おようが口を添えると、恵助はわかったというようにうなずいた。

「お花、おまえはおとっつぁんの知り合いを覚えていないと言ったが、何か思い出したことはないか？」

伝次郎は花に問いかけた。

「わたしは誰も知りません。近所の人とか、あとは磯松のおじさんやおばさんぐらいです」

「近所と言うと、この長屋の住人ではなく、近くの町の人ということだな」

花はぱっちりした目で伝次郎を見て、そうですと答えた。

「それは誰だね？」

栄助は近所で付き合っている者に、自分の商売のことや仲間のことを話している可能性がある。それは長屋の住人にも言えることだ。伝次郎はこの長屋の住人の話をしっかり聞かなければならない。

「おとっつぁんが親しく付き合っていたのは、角の煙草屋《たばこや》のおじさんです。ときどき将棋を指したりしていました。それから魚屋の金《きん》さんかな……」

「金さん……？」

魚屋と聞いて伝次郎は眉宇をひそめた。魚屋は天秤棒を担いでいる。もちろん天秤棒を使う行商人は他にもいるが、気になることだった。

「おそらく、この辺をまわっている魚屋の棒手振りです。金三郎《きんざぶろう》という人です」

答えたのはおようだった。

「金三郎の住まいはわかるか？」

おようはわからないと首を振る。伝次郎は花に顔を戻し、他に栄助と親しかった者を知らないかと聞いた。

「あとは……わかりません」

花は首をかしげて答えた。

「およう、おまえさんはどうだね？」

「あらためて考えても、あの人は近所付き合いが少なかったです。魚屋の金さんと、煙草屋の米助《よねすけ》さんとは馬が合っていたようでしたが……」

「この長屋で栄助と仲良かったのは誰だね？」

「それは深い付き合いをしていた人ってことでしょうか？」

「まあよく話をしていたような者だ」

おようは少し考えるように視線を彷徨《さまよ》わせた。

「甚太郎《じんたろう》さんとは仲良かったです。将棋をよくやっていたし……」

花だった。すると恵助もそれは知っていると言った。

「甚太郎の家はどこだ？」

「井戸のそばです。いまは仕事だと思いますけど、六つ半（午後七時）頃には決まったように帰ってきます。門前仲町《もんぜんなかちょう》の車力屋《しゃりきや》に勤めている人です。雨が降ると仕事は休みなので、そんなときうちの亭主と将棋を指していたのはたしかです」

伝次郎は、甚太郎・金三郎・米助の名前を頭に刻んで問いを重ねた。

「他に付き合いのあった者はいないか？」

「あとは挨拶をするぐらいの人ばかりです。あの人は長屋での付き合いを嫌っていたんで、親しい人は甚太郎さんぐらいです」

おようはそう言ってため息をついた。伝次郎はいま聞いた三人に、あとで話を聞かなければならないと思いつつ、

「恵助、そろそろ絵師が番屋に来ている頃だ。付き合ってくれ」

と、促した。

六

千草は片づけと掃除をすませ、いつものように籠を持って家を出た。空は薄曇りで雲が多い。雲が流されると明るくなるが、すぐにまた日が雲に隠され、人影が薄くなる。

川口町《かわぐちちょう》の自宅を出た千草は、いつもの道順を辿る。日本橋川に架かる湊《みなと》橋をわたり、さらに崩《くずれ》橋をわたって小網町《こあみちょう》の通りに出る。

行くのは本船町《ほんふなちょう》の魚河岸《うおがし》である。途中に青物《あおもの》屋があり、目についた野菜があれば買い求める。その日は小網町を素通りし、東堀留川に架かる思案《しあん》橋を渡ったところで足を止めた。

海苔問屋・磯松はこの先だと、河岸道の北のほうを眺めた。

伝次郎は新たに起きた殺しの探索をはじめている。そのために磯松の長男・清吉捜しは一時中断している恰好だ。

（戻ってきているかしら……）

磯松の茂兵衛とおくらには会っているが、店に行ったことはない。どんな店なのかたしかめたくなった。千草の足は自ずと、堀江町《ほりえちょう》の通りに向いた。河岸道を歩きながら、茂兵衛とおくらから聞いた話を反芻《はんすう》する。

心配はわかるが、二人は店の先行きも案じている。もし、清吉が生きていなかったら、凶事つづきになる。厄のついた店は敬遠される。売り上げが落ち込むのは考えるまでもない。奉公人を抱えていれば、なおさら台所は苦しくなり、閉店に追い込まれる店もある。千草はそんな店を知っている。

茂兵衛夫婦はそれを避けたいのだ。奉公人のことも考えている。それは店主としての責任だろう。だからといって神隠しにあったように、行方のわからない清吉を放っておくことはできない。清吉は茂兵衛の長男であり、磯松の跡取りである。

心配の尽きない茂兵衛夫婦のことを考えると、何とか力になってやりたいが、

（わたしに何ができるのかしら……）

と、胸のうちでつぶやく。

それからある言葉が頭の隅に焼きついている。清吉を無事に見つけることができたら、

――百両お支払いします。

と、茂兵衛は言った。

百両は魅力である。伝次郎の役目がこの先ずっとつづくとはかぎらない。伝次郎を直接差配しているのは筒井奉行だが、もう高齢で長く務められる人ではない。もし筒井奉行が致仕《ちし》したならば、伝次郎はまた浪人身分に戻り、船頭仕事で暮しを立てることになる。しかし、その仕事もいつまでつづけられるかわからない。百両は老後のための安心材料である。

千草は歩きながらかぶりを振った。わたしはお金に惑わされているのではないと、胸のうちで否定する。

最初に茂兵衛夫婦から相談を受けた手前、清吉の安否を気遣っているのよ、と自分に言い聞かせた。

海苔問屋・磯松は、千草が勝手に思い描いていた店より立派で大きかった。間口は五間、奥行きは十間はありそうだ。

奉公人を何人使っているか聞いていないが、暖簾越しに見える数と、店先にいる小僧を合わせただけでも八人はいる。奥の勝手では女中もはたらいているだろうから、少なく見積もっても番頭や手代を含めた奉公人は十五人から二十人はいそうだ。潰したら大変なことになると、その店構えを見ただけでわかった。清吉のことも心配だろうが、茂兵衛夫婦には店を守るという使命もある。

「あら、奥様では……」

背後から声をかけられ振り返ると、喪服姿のおくらが立っていた。

「これはおくらさん。近くまで来たのでお店を眺めていたのですけれど、こんな立派なお店だと知り驚いていたのです」

千草はとっさに言葉を返したあとで、悔やみを述べた。

「おかげさまで野辺送りは無事にすみました。もし、よろしかったらお立ち寄りになりませんか」

「お忙しいのでは……」

「かまいませんから、お寄りくださいませ」

おくらは「ささ、どうぞ」と、勧める。千草はそのまま促されて店に入り、帳場の前を過ぎて、客座敷にあげてもらった。

「着替えてまいりますので、少しお待ちください」

おくらはそう言って座敷を出て行った。ひとりになった千草は、その座敷にぐるりと視線をめぐらした。

真っ白い障子に、海と鳥の描かれた唐紙《からかみ》、檜《ひのき》造りの床の間には、一幅《いっぷく》の山水画が掛けられていた。

ほどなくして、おくらは湯呑みを載せた盆を持って戻ってきた。喪服から藍染《あいぞ》めの小紋に着替えていた。

「清吉さんはどうなりましたか?」

千草は栄助の野辺送りのことを少し聞いたあとで訊ねた。

「ひょいと戻ってくるのではないかとひそかに思っているのですけれど、その気配もありません。沢村様にお願いしたのはいいのですが、栄助があんなことになって……」

おくらは深いため息をついた。

「気を落とさないでください。うちの人は下手人捜しと同時に、清吉さん捜しもやってくれます」

「こんなときに、厄介ごとが増えてしまうとは思いもよらぬことで、何だかツキがありませんわ」

「ご主人はどうなさっているのですか?」

「うちの人も清吉のことで頭がいっぱいですけれど、仕事も疎《おろそ》かにできませんから」

「清吉さんを連れ去るような人とか、清吉さんが出て行くようなことに思いあたることはないんでしょうか?」

「あれこれ考えたのですけど……」

おくらは言葉を切って首を横に振る。

そこで会話が途切れたので、千草は茶に口をつけた。沈鬱《ちんうつ》で暗い空気が漂うが、おくらは最初に会ったときに受けた印象が少し変わっていた。どこか冷たく、とっつきにくい女に見えたが、いまは不安を押し隠し、子を思う必死さを感じる。やはり母親なのだ。

「ただ、気になることはあります」

おくらがふいに顔をあげた。

千草は視線を湯呑みからおくらに戻した。

「この店を大きくできたのは、ツキがあったからなのです。そのツキの裏には不幸があります。うちの亭主が長年奉公した店が火事になり、その後ご主人が亡くなり、跡取りの行状《ぎょうじょう》の悪さで、左前になったからです」

その話は最初会ったときに聞いている。千草はつぎの言葉を待った。

「ひょっとしたら、浜磯屋に恨まれているのではないかと……」

「茂兵衛さんが奉公なさっていた店ですね」

「あの店は次男の与兵衛《よへえ》さんが継いでいますが、もともと浜磯屋の贔屓客《ひいき》だった人をうちは取り込んでいます。大名家の御用達《ごようたし》にもなりましたが、その大名家ももとは浜磯屋を贔屓にされていたんです。浜磯屋の上得意のほとんどが、いまはうちに流れています」

「だから、浜磯屋に恨まれていると……」

「穿《うが》ち過ぎかもしれませんが、人はわかりませんからね」

「そのことをうちの人に話しましたか？」

うちの人に話してみましょうか」

「いいえ」

千草は少し考えてから口を開いた。

「いまおっしゃったこと、ひょっとしたら大事なことかもしれません。うちの人にそのこと話しておきますが、わたしも何かご長男捜しに役に立てることはないでしょうか」

「お気持ちありがたく思いますけれど、お店もなさっているので忙しいのではありませんか」

「最初にご相談を受けた手前、じっとしていることができないのです」

おくらは短く視線を泳がせてから千草をまっすぐ見た。

「何かありましたら、そのときお伝えします」

「浜磯屋はどこにあるんでしょう？」

「浅草諏訪町《すわちょう》です」

七

万作の似面絵ができたのは、八《や》つ（午後二時）過ぎだった。伝次郎はその間に車力屋ではたらいている甚太郎と、煙草屋の主・米助に会って話を聞いた。

二人とも栄助の将棋仲間だが、大した話はしていなかった。ただ、栄助は薬を作っているとか、薬の商売をはじめるという話はしていたが、どこでどうやってはじめ、誰と組んで商売の支度をしているといったことは口にしていなかった。

もうひとり金三郎という魚屋の棒手振りに会わなければならないが、どこで商売をしているかがわからない。また、金三郎の住まいもわかっていなかった。

万作の似面絵ができたときに、近所で聞き調べをしていた与茂七が清住町の自身番に戻ってきたが、

「得物の六尺棒を持った男を見たというものは誰もいないんです」

と、草臥《くたび》れた顔で伝次郎に伝えた。

「ま、よい。調べははじめたばかりだ。すぐに手掛かりが見つからないのはよくあ

ることだ。それより、これを持っておけ」

伝次郎は手描きの似面絵をわたした。万作の人相書である。

「明日には摺《す》り増しができるので、各町の番屋に配る」

「こいつが万作ですか……」

与茂七は似面絵つきの人相書をためつすがめつ見てから言った。

「どこまで似ているかわからぬが、ないよりましだ」

「そうですね。粂さんは調べにまわってるんですか？」

「あやつは恵助といっしょに浅草黒船町に行っている。おれたちもこれから行くが、その前に魚屋の金三郎に会いたい」

「魚屋……」

「栄助と親しくしていたらしい男だ。これから捜すのでついてこい」

伝次郎は与茂七を連れて自身番を出た。

金三郎は流しの魚屋で、深川佐賀町界隈《かいわい》を自分の縄張りにしていることがわかっていた。

通りにある商家を訪ね、金三郎のことを聞いていくと、昼過ぎに近くで見たという者がいた。深川相川町のほうへ行ったと言う。

さらに、金三郎の住まいもわかった。深川伊沢町《いざわちょう》にある裏店《うらだな》だった。伝次郎と与茂七は、早速長屋を訪ねた。

「金さんなら朝早く出かけていませんよ」

と、井戸端で洗い物をしていたおかみが答えた。

「帰りは遅いかな？」

「その日によってまちまちです。魚が早くさばければ、早く帰ってきますし、売れないと日が暮れてから戻ってくるときもあります。朝は決まって早いですが……」

「昨日はどうだった？」

「昨日は遅かったみたいですね。日の暮れには戻っていませんでした。家に灯りがついたのを見たのは、六つ半頃でしたかね。わたしは金さんの向かいに住んでいるんです」

六つ半と言えばすっかり暗くなっている刻限だ。

もし、金三郎の仕業なら栄助を殺して戻ってきたと考えることもできる。

「栄助という男が、金三郎を訪ねてくるようなことはなかったかね」

「そりゃ誰ですか？」

おかみは小首をかしげ、腰をたたきながら立ちあがった。小太りで人のよさそうな顔をしている。

「佐賀町に住んでいる男だ。年は四十だが、栄助という名を聞いたことはないか？」

おかみはまばたきをしてから答えた。

「聞いたことないですね。それに金さんの家を訪ねてくるのは借金取りか、家賃の取り立てをする大家ぐらいですから。それで旦那さん、金さんが何か悪さでもしたんですか？」

「ちょいと調べものをしているんだが、金三郎から話を聞きたいだけだ。何かをやったということではない」

「ならよかった。金さんは真面目にはたらく気のいい男ですからね。飲む打つ買うのひとつでも減らせば、ぴいぴいしなくてすむのに、やめられないんですね」

「金三郎は独り者か？」

「そうです。嫁にしそうな女がいたんですけど、縁を切ったのか、見限られたのか知りませんけど、ここのところさっぱりです」

そこへ木戸口を入った同じ長屋のおかみがやって来て、

「何かあったんですか？」

と、伝次郎と与茂七のそばに立った。瘦《や》せたおかみだ。

「こちらの旦那が金さんを捜してらっしゃるんだよ」

「金さん、金さんなら緑《みどり》橋のそばで商売をしているわよ」

瘦せたおかみがそう言ったので、伝次郎はキラッと目を光らせて長屋を出た。緑橋は油堀《あぶらぼり》の入堀に架かり、深川一色町《いっしきちょう》と深川加賀町《かがちょう》を結んでいる。

金三郎はその緑橋の東袂のそばで、たしかに商売をしていた。客が帰ったばかりらしく、魚を入れた盥《たらい》の上に置いた俎《まないた》を拭いているところだった。

「金三郎だな」

「へい」

伝次郎が声をかけると、金三郎はしゃがんだまま顔をあげた。

「佐賀町の嘉兵衛店に住んでいる栄助という男を知っているな」

「へえ、存じておりやすが……」

金三郎は帯に挟んでいた手拭いで手を拭きながら立ちあがった。

「その栄助とよく話をしていたと聞いたが、そうかい?」

「まあ立ち話はよくしますが、栄助さんがどうかしましたか?」

「昨日の日暮れに殺されたんだ」

「えっ! なんでまた……」

金三郎は驚き顔をして目をまるくした。表情の変化は自然なものだった。そのことで金三郎は下手人ではないと伝次郎は思ったが、問いを重ねた。

「栄助とどんな話をしていた?」

「どんなって、飯の種にもならない世間話ですよ」

「商売の話とか、栄助の仕事の話とかはしなかったか?」

「ああ、それならしたことがあります。あっしが魚屋は儲《もう》からない、もっと儲かる仕事がありゃ、すぐ鞍替《くらが》えすると言ったときに、いい仕事があると言われたんです」

「いい仕事……」

「へえ、半月ほど前です。栄助さんは脚気に効く薬を売る仕事をはじめるが、いっしょにやればいい儲けになる。その気になったらいつでも声をかけてくれと言われました。それでどうやってその薬を手に入れるんだと聞けば、作っている最中でもうすぐできるということでした」

「それでどうした？」

「正直言ってあっしはあの人を胡散臭《うさんくさ》いと思っていたんです。おれは高名な医者を知っているとか、本草学《ほんぞうがく》で有名な学者と付き合っているとか、そんな自慢をするんです。で、あんたはなんだと言いたくなるんですが、まあその辺は黙っていましたがね。それで、そんなにいい薬があるなら見てみたいと言ったんです。そうしたら二、三日たってから医者を連れて来たんです」

「医者を……？」

「園井《そのい》幾右衛門という人でした。御殿医にもなれる医者だけど、断って町医者をつづけながらいろんな薬を考案しているという人でした」

幾右衛門と聞いてどこかで聞いた名だと思ったが、金三郎のつぎの言葉を待った。

「なんでも脚気には猪《いのしし》の肉がいいらしいんです。それで猪の肋《あばら》をすり潰して薬にするらしいんです。そんなんで脚気が治るかどうかわからないじゃないですか。

だからあっしは遠慮しておきますと断ったんです。それに園井幾右衛門という人は藪医者《やぶいしゃ》みたいだったし……」

伝次郎は話を聞いているうちに、幾右衛門という名をおようから聞いたばかりのことを思い出した。

脚気は「江戸煩《わずら》い」と呼ばれるほどの奇病で、脚気による死亡者は毎年六千から一万人も出ている。

「園井幾右衛門という医者がどこに住んでいるか聞いておらぬか？」

「知っていますよ。魚を買ってもらったんで届けたことがありますから」

金三郎はさらりと言ったが、伝次郎はぴくっと片眉を動かした。

「教えてくれ」

第三章　ももんじ屋

一

千草は磯松でおくらと話したあと、魚河岸に寄って魚の干物《ひもの》を仕入れ、それで店に入ったが、妙に落ち着かなかった。

落ち着かないと言うより、もどかしさをおくらに感じたのだ。主の茂兵衛には会わなかったが、茂兵衛にも同じようなもどかしさを感じる。

清吉は二人の子供なのだ。長男であり、跡取りになる子である。しかも子供は清吉ひとりだけなのだ。それなのに、清吉の命より店の存続に重きを置いている気がしてならない。

千草は、もし、自分ならどうするだろうかと考える。

店が傾こうが潰れようが、子供の命を最優先するはずだ。それこそ必死になって捜すだろう。

だが、茂兵衛夫婦はそんなことをせず、伝次郎を頼っている。伝次郎は請《う》け合《あ》ったが、その矢先に栄助殺しが起きて、いまはそちらの探索に忙しい。

「おかしくありませんか」

千草は思わず独り言を言って、キッと厳しくした目で虚空を凝視した。

自分がやきもきしても、どうにもならないのはわかっている。だけれど、茂兵衛夫婦は悠長《ゆうちょう》すぎるのではないか。今日はおくらの妹の亭主・栄助の野辺送りがあったから、何もできずにいるのだろうか。

その野辺送りが終わったいま、茂兵衛は自分なりに清吉捜しをしているのだろうか。

あれこれ考えているうちに我慢ならなくなった。座っていた床几《しょうぎ》からすっくと立ちあがると、店を閉めて、再び磯松に向かった。

歩くうちに茂兵衛夫婦が無責任に思えてきた。店より子供の命が大事に決まっている。それなのに、店と清吉の命を天秤にかけているのではないか。なんだか清吉の命が軽んじられているような気がする。

そんなことを考えると腹が立つ。実際、千草は茂兵衛夫婦に怒りさえ覚えていた。

磯松の前まで来ると一度立ち止まって大きく息を吸い、そして吐いてから暖簾をくぐった。帳場や土間にいた奉公人たちが「いらっしゃいませ」と、愛想のいい顔をして元気な声をかけてくる。

「主の茂兵衛さんはいらっしゃいますか？」

帳場にいる手代に声をかけると、ついいましがた出先から戻ってきたところだと言う。

「大事なお話があるんです。あ、わたしは沢村千草と申します」

「存じております。しばし、お待ちください」

手代は柔らかな物腰で奥に消え、すぐに戻ってき、客座敷に促した。

千草が腰を下ろすと同時に、茂兵衛があらわれた。

「いかがなさいました？　さっき見えたと聞いていますが……」

茂兵衛は嫌みのない笑みを浮かべて腰を下ろした。

「清吉さんのことです。うちの人を頼りにされているのはわかりますけれど、御番《ごばん》所《しょ》に相談されたらいかがでしょうか。清吉さんはこの店の跡取りで、ご主人とおくらさんにとってかけがえのないご長男ではありませんか」

千草はそう切り出すと、店からここまでやってくる間に考えたことを、一気に話した。

茂兵衛は浮かべていた笑みを消し、唇を引き結んでから口を開いた。

「奥様のおっしゃることはよくわかります。おっしゃるとおりだと思います。しかし、手前どもは決して悠長にしているわけではありません。沢村様を頼ってはいますが、わたしたちは何もしないでじっと待っているわけではありません。できるかぎりの手は打っているのです」

「どんなことをなさっていると……」

「うちには二人の番頭と三人の手代がいます。口の堅い番頭と手代がひそかに清吉捜しをしているのです。心あたりのあるところへ行っては話を聞いています。もちろんわたしも、女房のおくらも、もしやあそこではないか、あるいはあの家に立ち寄っているのではないかと、あれこれ考えて歩きまわっているのです」

そうだとは知らなかった。千草は自分の感情を走らせすぎたのではないかと、内心で反省した。

「奥様がわたしら夫婦に感じられたことや、奥様のお考えはごもっともです。よくわかっています。だからといって倅の命と店を天秤にかけているのではありません。ただ、店は守らなければなりません。奉公人のなかには女房子供のいる者がいます。もし、この店が潰れてしまったら、その奉公人たちは行き場所を失ってしまいます。奉公人だけではありません。その身内も路頭に迷うことになります。この店はおかげで繁盛していますが、いつまでつづくかそれは神のみぞ知ることでしょう。それでもわたしは店の主として、奉公人たちを守らなければなりません。だからといって、清吉を蔑《ないがし》ろにしているわけではありません。あれは大事な倅です。心配で夜も眠れない毎日です。奥様のご心配は重々わかっておりますし、またその熱いお気持ちは涙が出るほど嬉しゅうございます」

茂兵衛はほんとうに目を潤ませていた。千草は理性を欠いた自分の性急さを恥じる思いになった。

「また、こういうことも考えたんでございます」

膝許に視線を落としていた千草は、顔をあげて茂兵衛をまっすぐ見た。

「御番所に相談することは真っ先に考えました。しかし、御番所はすぐ動いてくれるだろうかと、そのことも考えました。取り合っていただけたとしても、清吉捜しに力を貸してくださる与力や同心の旦那は、はて幾人ほどだろうかと。おそらくひとりではないかと思いました」

たしかにそうなるに違いない。

「だったら頼れる沢村様にお願いしたほうがよいと考えたのです。沢村様にはうちの徳助のことでお世話になったばかりですし、ほんとうに信用のおけるお人柄だというのもわかっていました。ですから、無理を承知でお願いしたのです」

「茂兵衛さん、申しわけありませんでした。取り乱したようなことを言ってしまいました」

千草は手をついて謝った。

「いいえ、奥様がそれほど考えてくださっているのだと知り、嬉しゅうございました」

「うちの人より先にお話を聞かせてもらった手前、どうにも気になって仕方なかったのです。でも、茂兵衛さんのお考えを知ったいまは恥ずかしいぐらいです。お許しください。それで、何か捜す手掛かりは見つかったのでしょうか?」

「それがいっこうに……」

茂兵衛は顔を曇らせてため息をついた。

二

金三郎が案内した家に、園井幾右衛門は住んでいなかった。何かつかめると気負い込んできた伝次郎だったが、肩透《す》かしを食わされた恰好だ。

「旦那、園井は二月《ふたつき》ほど前に越したそうです」

近所に聞き込みをかけていた与茂七が、伝次郎のもとにやって来て告げた。

「二月前……引っ越し先は?」

与茂七はわからないと首を振り、

「家主に聞いたら、三月分の家賃を溜めて夜逃げされたと怒っていました」

「やっぱり、信用ならねえ男だったんですね」

金三郎があきれ顔をして言った。

そこは横山同朋町《よこやまどうぼうまち》だった。園井が借りていた一軒家は、小さな庭付きのこぢんまりした家で、医者の看板を出していたらしい。

「旦那、あっしはもういいですかね。商売があるんですが……」

案内をしてきた金三郎が伝次郎に顔を向けて言った。

「ああ、付き合ってくれて礼を言う。これは酒手《さかて》だ。取っておけ」

伝次郎が心付けをわたすと、金三郎は頬をゆるめて受け取り、そのまま深川へ戻っていった。

「旦那、どうします？」

与茂七が金三郎を見送ってから顔を向けてきた。

「園井幾右衛門は栄助と繋がりのある男だ。それに、この家には仲間の出入りがあったかもしれぬ。手分けして近所で話を聞こう。一刻《いっとき》（二時間）後にまたここで落ち合おう」

伝次郎はその場で与茂七と別れると、園井幾右衛門のことを調べるために町内を虱潰《しらみつぶ》しにあたっていった。

聞き込みをするうちに幾右衛門のことが、ぼんやりとわかってきた。幾右衛門は医者として二年ほど前に横山同朋町に越してきて、近所の子供や年寄りを中心に診察や薬の処方をしていたが、次第に医者としての腕がよくないのではないかという噂が広がり、しまいには「あれはヤブだ」と言われるようになっていた。

患者もだんだんに減り、ここ数ヶ月は幾右衛門を頼る病人はいなかったらしい。また、幾右衛門の家に出入りしていた者が何人かいて、ひとりはどうやら栄助のようで、もうひとりは万作だった。

つまり、万作と幾右衛門、そして殺された栄助は仲間だったと考えてよいだろう。その他に四十過ぎの年増《としま》の女と、二人の侍の出入りがあったのがわかった。ただ、女と侍のことはよくわからなかった。

ほぼ一刻後に伝次郎は与茂七と落ち合ったが、聞き込みで得たことはほぼ同じだった。

「幾右衛門がどこへ越したかを知りたいが、その手立てがないな」

伝次郎は西にまわり込んだ日を見て言った。薄い雲が空を覆っていて、傾きはじめた日はその雲の向こうにぼやけていた。

「粂さんが万作の居所を見つけているんじゃ……」

「うむ。行ってみよう」

二人は横山同朋町での聞き込みを切りあげて、浅草黒船町に向かった。

「旦那、磯松の清吉のことはどうするんです？」

与茂七が歩きながら顔を向けてくる。それは伝次郎も気になっていることだ。

「捜さなければならぬが、今日は栄助のことで手いっぱいだ。だからといって放ってはおけぬから、あとでよくよく考えることにする」

「やっぱ誰かに攫われちまったんですかね」

「なんとも言えぬ。どこかで生きていることを祈るばかりだ」

「無事に見つけたら百両ですよ」

伝次郎は与茂七を見た。

「思い違いをするな。おれは金で動いているわけではない。清吉は磯松の茂兵衛夫婦にとって大事なひとり息子だ。それに、先月起きた徳助殺しのときに清吉には何度も会って、話もしている。おまえだってそうだろう」

「へえ」

「金がほしくて清吉捜しをするのではない。心得違《こころえちが》いをしているのなら、おまえは帰っていい」

伝次郎はめずらしく厳しいことを言った。

「いえ。旦那、そんなおれだって金のことは考えていませんよ」

「だったら下手なことは口にしないことだ」

「すみませんでした」

与茂七はしょぼくれ顔でうなだれた。

「とにかく万作を見つけたい。いまはそのことが先だ」

伝次郎はそう言って足を速めた。

浅草黒船町についたとき、七つを知らせる時《とき》の鐘《かね》が鴉《からす》の一群が飛んでいく空にひびいた。自身番を訪ねると、

「へえ、旦那のことは聞いております。七つ過ぎには一度戻るという話でしたが……」

と、詰めている書役が言った。

「それじゃじきに戻ってくるということか……」

伝次郎は上がり框《かまち》に腰を下ろして待つことにした。

その間に、万作のことを書役と二人の店番に訊ねた。三人は粂吉にも話したが、万作かどうかわからないが、似たような男を見たことがあると口を揃えた。

「その男はいつもひとりで歩いているのか、それとも仲間を連れて歩いているのか。どうであろうか？」

「わたしはひとりで歩いているところしか見ていませんが、その人が人相書の万作という人かどうかは……」

三十半ばとおぼしき店番はそう言って首をかしげた。もうひとりの店番も書役も同じことを口にした。

そんな話をしているときに、粂吉が自身番に入ってきた。

「見えてましたか」

そう言った粂吉は、すぐに言葉をついだ。

「万作の家がわかりました。いまは留守にしていますが、じき戻ってくるはずです」

「どこだ？」

伝次郎は目を光らせて立ちあがった。

三

万作は浅草福井町《ふくいちょう》一丁目にある駒吉店《こまきち》という長屋に住んでいた。

伝次郎と粂吉と与茂七は、小さなそば屋の隅で見張りをはじめた。そのそば屋のはす向かいに駒吉店の木戸口がある。

「よく突き止めたな」

伝次郎は茶を飲みながら粂吉に感心顔を向けた。

「人相書が役に立ちました。御蔵前《おくらまえ》の通りにある店を片端からあたっていったら、万作を知っている酒屋の小僧がいたんです。住まいを知らぬかと聞くと、ときどき酒を届けるので知っていると言います。それでわかった次第です」

「粂さん、お手柄ですね」

与茂七が嬉しそうな顔で褒《ほ》める。

「まあ、大事なのはこれからだ。長屋の連中は万作がどんな仕事をしているか知らない。いまもどこへ出かけているかわからないんだ」

「旦那、万作が戻ってきたら、そのまま押さえるんですか？」

与茂七は伝次郎に顔を向けて聞く。

「押さえるか、それともしばらく様子を見るか……」

伝次郎は顎を撫でながら、駒吉店の木戸口に視線を注ぎ、

「長屋の奥はどうなっているんだ？」

と、粂吉に聞いた。

「どんつきは商家の壁です。出入り口はあの木戸口しかありません」

「奥は袋小路か……。昨日の夕暮れ時分に、万作が長屋にいたかどうかは聞いているな」

「昨日は帰りが遅かったようです。朝、五つ《いつ》（午前八時）頃長屋を出て、帰ってきたのは五つ半（午後九時）頃だったと、向かいのおかみから聞いています」

「栄助が殺された頃にはいなかったというわけか」

「万作は園井幾右衛門といまでも付き合いがあるんですかね？」

与茂七がつぶやくように言うと、粂吉がそれは誰だと聞いた。

「殺された栄助と付き合いのあった医者です。栄助は金三郎という魚屋といろんな話をしていて、儲け話をその金三郎に持ちかけたことがあって、幾右衛門に会わせているんです」

与茂七は金三郎から聞いた幾右衛門のことを詳しく話した。

「住んでいた家までわかったが、幾右衛門はもう家移りをしていた。どこへ越したかわからぬ」

伝次郎が言葉を添える。

「家賃を溜め込んでの夜逃げだったようですよ」

与茂七が付け加えた。

「薬でひと儲けしようと企んでいるってわけですか……。まあ、脚気に効く薬ができれば儲かるでしょうが、そんなもん容易《たやす》くは作れないでしょう」

「園井幾右衛門は、猪の骨をすり潰して薬を作っているようですが、猪の骨を使うには、その猪を殺すってことでしょう」

「与茂七、いいことを言う」

そう言った伝次郎の頭に閃《ひらめ》くものがあった。

「なんです？」

「猪の仕入れ先だ。幾右衛門は猪の肋をすり潰すと、金三郎に言っている。猪は山に行かなければ捕まえられぬだろうが、肋骨だけだったら市中でも手に入れることができる」

「ももんじ屋ですか……」

条吉だった。

「そうだ。ひょっとすると、幾右衛門や万作はももんじ屋に出入りしているかもしれぬ」

獣肉を売るももんじ屋は多くない。あたりをつければ、幾右衛門らのことがわかるかもしれない。

「この近くに、ももんじ屋はありましたか……」

与茂七は暮れかけている空を見て問うた。

「両国《りょうごく》に一軒あったはずだ。それから麹町《こうじまち》にもある」

伝次郎は思い出しながら、戻ってきた万作を押さえるべきかどうかを考え、

「万作の帰りが遅いなら、いまのうちに、ももんじ屋をあたっておくべきか……」

と、つぶやいた。

「旦那、おれがひとっ走りしてきましょうか。店の場所がわかれば行ってきますよ」

伝次郎は与茂七を見て、

「よし、行ってこい。一軒は本所尾上町《ほんじょおのえちょう》にある。行けばわかるはずだ」

「おれが行っている間に万作が戻ってきたらどうします？」

「おまえが戻ってくるまで待っている」

与茂七はそのままそば屋を出ていった。

「なにかわかればいいですね」

粂吉が表を見ながらつぶやく。外はだんだん暮れてきている。さっきまで西日が射していたが、いまはその光が消えていた。

万作の長屋に戻る職人や、買い物から帰ってきたおかみの姿があった。

「飯を食っておくか」

伝次郎はそう言って店の女に、せいろを二枚注文した。

与茂七が戻ってきたのは、そばを食べ終えたときだった。

「旦那、勘が的中です。園井幾右衛門は尾上町のももんじ屋に出入りしています。栄助も万作もです。店は骨を片づけるのに苦労していたので助かっていると言います。獣肉の骨は猪だけじゃありません。狐や猿、鶏《にわとり》に馬や牛も持って行ってるそうで……」

伝次郎はキラッと目を光らせた。

「すると、その骨をしまっておく場所があるはずだ。万作の家はどうだ？」

伝次郎は粂吉を見た。

「骨を持ち歩くようだったら長屋の連中も気づいているはずですが、そんなことは聞いていません」

「すると、その幾右衛門の引っ越し先かもしれぬ。粂吉、与茂七、万作が帰ってきたら押さえることにする」

伝次郎は肚《はら》を決めた。

三人は長屋の木戸口に視線を注ぎつづけた。

万作らしき男が木戸口に入ったのは、それから小半刻《こはんとき》（三十分）後のことだった。

「やつだ」

伝次郎は立ちあがった。

四

万作の家の戸は開け放たれていた。

伝次郎が戸口に立つと、居間にいた万作が顔を向けてきた。小太りの体に太い眉に垂れ目、厚い唇。似面絵とそっくりである。

「どなたで……」

万作が言葉を切ったのは、伝次郎を町方だと察したからだろう。

「南町の沢村伝次郎と言う。おまえ、佐賀町の栄助を知っているな。園井幾右衛門と生糸の仲買仕事をやっていた仲間だ」

「へえ」

万作は表情も変えず返事をし、伝次郎の背後にいる与茂七と粂吉を見て、にわかに顔をこわばらせた。

「この頃は脚気の薬を作っていた」

伝次郎は敷居をまたいで三和土《たたき》に入り、言葉をつぐ。

「その幾右衛門と栄助と組んで……」

「たしかに薬は作っていますが、そのことで何かご用でしょうか？」

万作の顔はこわばっているが、動揺の素振りはない。伝次郎はざっと家のなかを眺めた。薬を調合する器や、生薬を粉末にする薬研《やげん》の類いなどはない。

「昨日の夕方どこにいた？」

「なんで、そんなことをお訊ねになるんです？」

伝次郎はぴくっと眉を動かした。

「どこにいたか教えてくれぬか？」

「昨日の夕方でしたら、下谷《したや》の岩水《がんすい》先生宅です。七つ頃から五つ（午後八時）近くまで、先生の家に邪魔をしていました」

それがほんとうなら栄助殺しに万作は関わっていない。

「岩水先生というのは何者だ？」

「医者です。桂瀬《かつらせ》岩水先生です」

伝次郎は片眉を動かした。

「栄助は昨日の夕方、殺された。そのことを知っておらぬか？」

万作は「えっ」と、驚き顔をした。目を大きくみはり、口をぱくぱく動かした。

「なんで栄助が……」

「それはこっちが知りたいことだ。栄助は天秤棒で滅多《めった》打ちにされて殺されていた。ひどい殺しだ。顔がわからないくらいになっていたのだ」

「ほんとうですか……」

万作は呆気《あっけ》にとられたように目をしばたたく。

「下手人に心あたりはないか？」

伝次郎は居間の上がり口に腰を下ろし、万作の目をまっすぐ見る。

「急にそんなことを言われても……」

「栄助に会ったのはいつだ？」

「……一月《ひとつき》ぐらい前に会いました。園井幾右衛門さんがいなくなったんで、捜していたんです。幾右衛門さんとあっしと栄助は、脚気の薬を作っていまして、薬がそろそろ出来上がるってときに、幾右衛門さんがとんずらしちまいまして……」

「幾右衛門は二月ほど前まで、横山同朋町に住んでいたが、家移りしている。すると、幾右衛門はおまえと栄助に内緒で越したということになるが……」

「まったくおっしゃるとおりです。あっしと栄助は獣の骨を集め、幾右衛門がそれをもとに薬を作っていたんですが、こうなってみるといいように使われ騙されたようなもんです」

万作は幾右衛門に腹を立てているらしく、「さん」付けをやめて呼び捨てにした。

「昨日、おまえが岩水という医者の家にいたことに間違いはないな」

「嘘なんかついちゃいませんよ。幾右衛門がいなくなったんで、岩水先生に薬の調合を頼んでいるんです」

「岩水という医者は下谷のどこに住んでいる？」

万作に顔を戻して問うた。

「御徒町《おかちまち》です。藤堂《とうどう》様のお屋敷の北側です」

伊勢《いせ》国津《つ》藩藤堂和泉守《いずみのかみ》の上屋敷ならここからすぐだ。伝次郎は与茂七を振り返り、

「岩水という医者の家に行ってきてくれ」

と、指図した。

「旦那、あっしが栄助を殺したと疑っていらっしゃるんで……」

「疑いたくはないが、これがおれの役目だ。悪く思うな。すると、おまえと栄助はここ二月ほど幾右衛門を捜していたということになるが……」

「さようです。あっしは半分あきらめて、幾右衛門がどうやって調合していたのかわからないんで、岩水先生を頼って同じ薬を作ってもらおうとしてるんです」

「そのことを栄助は知っていたか？」

「へえ、知っていましたよ。こうなったら、岩水先生に頼むしかないと……」

万作はそう言って足の親指をつかみぐるぐるまわした。

「幾右衛門が作った薬は効き目があったのか？」

「脚気の患者は多いんで、飲ませていました。それで、効くという患者は少なくありません。重い脚気持ちにはまだ効き目が出ていませんが、軽い病状には効いていると思います。というより、作る薬は脚気にならないためのものです」

伝次郎にはにわかには信じられない。獣の骨で作った薬が、脚気に効くという話を聞くのは初めてだ。もし、ほんとうに効いたり予防薬になるなら、たしかにひと儲けできるだろう。

「これまで作った薬はどこにある？」

「幾右衛門が持って行っちまって何もありません。あっしは幾右衛門の調合をずっと見てきましたから、大まかに覚えてるんですが、なにせ本草学《ほんぞうがく》や医術なんてものはからきしなんで、幾右衛門が頼りだったんですがね」

万作は肩を落としてため息をつく。

「栄助を殺した下手人についてだが、何か思いあたることはないか？」

「急に言われても……」

「栄助と付き合っていた者がいるはずだ。もっと言えば、栄助に恨みを持っている者がいたのではないか……」

「いたかもしれません。やつは口達者で、法螺《ほら》吹きでしたからね。てめえの役に立つと思った相手の懐に入っては、てめえを信用させ、うまい具合に金蔓《かねづる》にしようという下心のあるやつでしたから。そのためにはあの手この手で、相手の心をくすぐるんです。まあ、世間で言う騙り野郎ですよ」

「そんなやつとおまえはいっしょの仕事をしていたのではないか」

「そもそも脚気の薬を作ろうと言い出したのは、あの野郎なんです。幾右衛門を紹介したのも栄助でしたから……。まあ、あっしもひと儲けしたくて話に乗り、うまくいきそうだったんで……」

「まだ儲かっていないのに、稼ぎはどうなっていたんだ？」

　条吉だった。

「あっしと栄助は薬に使う獣骨を集めていたんで、その駄賃を幾右衛門からもらっていました。ときどき幾右衛門の手伝いもしていましたし」

「手伝いというのは？」

　伝次郎は万作を見て聞く。

「往診に行くときの助《すけ》や家に来る患者の世話です」

「幾右衛門が消えて二月になるが、その間の暮らしはどうしていたんだ？」

「日傭《ひよう》取りをしていましたよ。きつい仕事ですが、他に稼ぎがないんで……」

「栄助も日傭取りをやっていたのか？」

「やつは版木屋《はんぎ》に出入りして小金を稼いでいたようです」

「版木屋……」

　伝次郎は眉宇をひそめた。

「読売《よみうり》を作る手伝いをしていたはずです」

「瓦版《かわらばん》を作る版木屋に出入りしていたのか……」

「そう言っていました。まあ、やつらしい仕事ですよ。あることないこと書き立てるのが瓦版でしょう」

瓦版の通称は読売で、絵草紙《えぞうし》屋・版木屋・香具師《やし》などが作って町中で売り歩いている。一枚摺りや二枚摺り、あるいは冊子にしたものもある。一枚四文から六文くらいが多いが、値段はまちまちだ。

「栄助が出入りしていた版木屋がどこだか知っているか?」

「店の名は覚えていませんが、横山町《よこやまちょう》にあるようなことを言っていました」

そんな話をしているときに、与茂七が戻ってきた。

「医者に会ってきました。たしかに昨日は手伝いに来ていたそうです」

万作は下手人ではないということだ。だが、万作は栄助について大事なことを話している。

すでに表は暗くなっており、万作の家のなかも薄暗くなっていた。

「万作、また聞きに来るかもしれぬ」

伝次郎はそう言って立ちあがり、もう一度万作を凝視《ぎょうし》してから表に出た。

五

その夜、伝次郎と与茂七が自宅屋敷に帰ったとき、すでに千草が家にいた。

「今夜はどうしたのだ？　店は開けなかったのか？」

伝次郎が濯《すす》ぎを運んできた千草に声をかけると、

「仕事をする気になれなかったのです。磯松の清吉さんのことをあれこれ考えていたら、気持ちが落ち着かなくなりまして……」

千草は落ち込んだ顔をして答え、

「今日、磯松へ行って茂兵衛さんとおくらさんに会ったんですけれど、自分のそそっかしさが嫌になりました」

「何かやったのかね？　とにかく落ち着いて話を聞こう」

伝次郎は手早く着替えをし、居間に行って腰を下ろした。

「お酒つけますか？」

「いや、今夜はやめておこう。いろいろと考えなければならぬことがある」

「栄助さんの件ですね。まだ下手人はわからないのですか？」

伝次郎は首を振って、そう容易《たやす》くはいかぬと答え、

「磯松に行ったと言ったが、何かあったのだな」

と、千草を眺めた。

「いなくなった清吉さんについて、最初に相談を受けたのはわたしでした。もちろんあのご夫婦はあなたに相談したくて、わたしに話されたのですが、どうにも解《げ》せなくなったんです」

「解せなくなった？　やはり、酒をつけてもらおうか」

伝次郎がそう言うと、隣に座った与茂七が嬉しそうな顔をした。千草は酒の支度をしながら、その日、茂兵衛とおくらに会ったことを詳しく話した。

「わたしの身勝手な考えだと思い知らされました」

千草はあらかた話を終えて、そう結んだ。

「茂兵衛にとっては大事な跡取り、おくらにとっては自分の腹を痛めた子であるから、じっとしていられないのは当然であろうな。そうか、あの夫婦、自分たちなりに捜しているのだな。それを聞いて少し安心した」

「でも、清吉さんは見つかっていないのです」

千草が酒を運んできた。

さっと与茂七が受け取って、伝次郎に酌をし、自分も勝手に手酌をする。伝次郎はそれを見て、ほどほどにしておけと忠告した。放っておくと、与茂七はいくらでも飲む。

「それで、気持ちが落ち着かないというわけか」

「いまも磯松のご夫婦は、清吉さん捜しをしていらっしゃるでしょうけど、わたしも何か手伝えることがあったらと思っているのです」

「ふむ、さようなことか……」

伝次郎は千草が酒の肴にと出してくれた胡瓜《きゅうり》の浅漬けを、カリッと嚙んだ。

「清吉捜しを手伝うと言っても、捜す手掛かりがなけりゃ動きようがないでしょうに」

与茂七が口を挟み、ついでに胡瓜の浅漬けをつまんだ。

「手掛かりはわたしにはないけど、あのご夫婦は何かをつかんでいるかもしれない。だって、番頭と手代も動いているんです。それに清吉さんがいなくなってから……」

そこで千草は、「ひぃ、ふう、みぃ……」と、指を折って数え、

「明日で十日になるんです。生きているか、死んでいるか、それもわからない」

「誰かに攫《さら》われたのなら、拐《かどわ》かした者には何らかの考えがなければならぬ。金目あてというのが真っ先に浮かぶが、身代金をねだられてはおらぬ。すると、他の目あてがあるはずなのだが……」

「肝心なのはそのことだと思うのですが、茂兵衛さんにもおくらさんにも思いあたることがないようなのです」

「身代金目あてじゃなかったら、清吉を金にするためというのもありますね」

与茂七が思いついたようなことを口にした。

「清吉さんをお金に……」

千草は真顔だ。

「ええ、娘だったら女郎《じょろう》屋に売り飛ばせるでしょうが、清吉は男だから陰間《かげま》茶屋とか……」

「清吉さんを陰間に……」

千草は目をしばたたく。

「それはどうであろうか。清吉は十三だ。それに陰間茶屋はそう多くないし、逃げることは造作《ぞうさ》ないだろう」

伝次郎はそう言ったが、もしや清吉のような腕白な子を好む男色家《だんしょくか》がいてもおかしくはないと、頭の隅で考えた。もしそうであれば、攫った者の目あては金ではなく、清吉の体ということだ。

「それじゃ何でしょうね」

与茂七は勝手に手酌をする。

「男色家であるなら、清吉をよく知っている男の仕業ということになる。それは店の客かもしれぬし、近所で清吉をよく見かける男かもしれぬ。だが、他にも考えられることはあるが、これには少し無理があるな」

そう言う伝次郎に、千草が何でしょうと、顔を振り向けた。

「うむ、ただ子供ほしさの拐かしということだ。子のない夫婦は結構いるもんだ。そんな夫婦が清吉に目をつけて攫った。さりながら、清吉は十三だ。二つや三つの幼い子なら考えられることではあるが……」

「清吉を攫ったのが男か女かわかりませんが、要するに清吉を連れ去ったやつには、それなりの考えがあってのことだということですね」

与茂七である。

「だからそのことを考えているんじゃありませんか」

千草は与茂七を窘《たしな》めてから、伝次郎に視線を移した。

「わたし、明日もう一度、茂兵衛さんとおくらさんに会って、いろいろと話を聞いてみようと思うのですけど、余計なお世話でしょうか」

「ふむ」

伝次郎は嘗《な》めるように酒に口をつけて、短く思案した。

「迷惑がられなければよいが……。おれはいま、栄助の一件で手が離せないから、もし茂兵衛夫婦がそなたの気持ちを汲《く》んでくれるなら、与茂七に手伝わせてもよい」

「えっ、旦那、それじゃ栄助殺しはどうするんです？　旦那と粂さんの二人でやるんですか？」

与茂七が盃を宙に浮かしたまま見てきた。

伝次郎はしばらく考えてから答えた。

「今夜一晩考える」

六

「旦那、どうするんです？　おれはおかみさんと清吉捜しですか？」

翌朝、井戸端で顔を洗ってきた与茂七が、居間にやって来るなり伝次郎に聞いた。

「今日はおれに付き合ってもらおう。栄助の一件は今日のうちに片づけたい」

台所で味噌汁を作っていた千草が振り返った。

「今日のうちって、そんなことができるんですか？」

「それはわからぬ。だが、いろいろとわかってきている。何としてでも片づけるという意気込みは大事であろう」

伝次郎は千草に答えて茶を飲み、さらに言葉を足した。

「千草、磯松に行ったら忘れずに聞いてもらいたいことがある。ひとつは清吉が誰かに呼び出されていなかったか？　あるいは誰かと約束をしていたか？　いつも夕刻に出て行っていたのか？　もし、そうであるならば、行き先はほぼ決まっていたはずだ。そのことを調べてもらいたい」

千草はお玉を持ったまま真剣な顔つきで、

「わかりました。しっかり聞き調べておきます」

と、答えた。

朝餉《あさげ》を食べ終えると、伝次郎はいつものように与茂七を連れて家を出た。

「もう一度万作に会う。与茂七、さように粂吉に伝えてくれ。おれは先に行っている」

「万作の家に行けばいいんですね」

伝次郎がそうだとうなずくと、与茂七は亀島橋を駆けわたっていった。それを見送った伝次郎は、橋の下に舫《もや》っている自分の猪牙舟を眺めた。

これから万作の家に行くが、そのあとは横山町の版木屋、さらに東両国のももんじ屋に行かなければならない。

さらに、園井幾右衛門の家を探す必要がある。近場なら徒歩が早いだろうが、幾右衛門が遠くに越しているなら舟を使うべきだ。

伝次郎は雁木《がんぎ》を下りると、舫いをほどき、雪駄を脱ぐと櫓床《ろどこ》の下から出した足半《あしなか》に履き替えた。艫《みよし》寄りにも隠し戸があり、刀や手桶などをしまえるようになっている。

襷《たすき》をかけ、尻端折《しりはしょ》りをした伝次郎は棹をつかんで舟を出した。操る棹には小刀が仕込まれていて、いざというときには棹を二つにわけて武器にすることができる。

亀島川を抜け、日本橋川を横切り、大川に出る。秋の日射しを受けた川面は、朝の光にきらめいていた。水嵩《みずかさ》は増していたが波は穏やかだった。

青い澪《みお》がはっきり見える。澪は川のなかにできる深い溝で、舟の航路に適している。とくに下るときには舟足が速くなる。

しかし、いまは流れに逆らっているので、棹から櫓に替えて力強く漕ぐ。ぎっしぎっしと櫓が軋《きし》み、舳が水をかき分けていく。櫓を漕ぐたびに、伝次郎の腕に力こぶができる。

大川端には青い薄《すすき》が繁茂《はんも》していた。一部は白く変色しているが、背丈はまだ低いままだ。その薄の群れが、ゆるやかな風に揺れていた。

もう一度万作に会うのは、聞き忘れていることがあるからだった。昨日のうちに聞いておけばよかったが、そこまで頭がまわらなかった自分に、伝次郎はあとで気づき舌打ちをしていた。

伝次郎は櫓を漕ぎながら、これまでの調べを頭のなかで整理した。操船中は他の舟に注意しなければならないが、考えるには有効な時間となる。

殺された栄助をよく言う者はいない。いっしょに組んで仕事をしていた万作然《しか》り、栄助の義理の姉になるおくら然りだ。

栄助は口達者で、不義理をしている。さらに騙り者だったらしい。魚屋の金三郎も、そんなことを口にした。

伝次郎が抱く栄助の印象は、楽をしてうまい汁を吸うために、言葉巧みに他人を欺《あざむ》く人間ということだ。自分さえよければよいので、相手の心の傷などに痛痒《つうよう》を感じないのかもしれない。

単純に言いあらわすなら、不人情で無責任かつ狡猾《こうかつ》な男ということだろう。伝次郎がもっとも嫌う男である。

両国橋をくぐり抜け、さらに神田川《かんだがわ》に架かる柳《やなぎ》橋を過ぎ、浅草橋の手前にある小さな河岸場に舟をつけた。

河岸道にあがり、一度空を見た。すでに日は高く昇っており、通りを行き交う人の数も増えていた。商家も大戸を開け、暖簾をかけている。

万作が出かけていなければよいがと、そのことが少し心配である。浅草福井町にある駒吉店に入る。

井戸端で、おかみ連中が洗い物をしながらおしゃべりに夢中になっていた。万作の家の腰高障子《こしだかしょうじ》は閉まっていたが、声をかけると返事があった。

伝次郎はそのまま戸を引き開けた。

「朝早くにすまなんだ。迷惑だろうが、昨日聞き忘れたことがあるのだ」

居間に座っていた万作は迷惑そうな顔を向けてきた。

「なんでしょう？」

「昨日栄助の人柄についてあれこれ話してくれたが、その栄助に騙された者を知らぬか」

「そんなことを聞かれても……」

万作は太い腕を組んで視線を彷徨《さまよ》わせた。

「栄助に騙された者がひとりや二人はいると思うのだがな」

伝次郎は上がり框に腰を下ろし、思案顔をしている万作を眺める。

「まあ何人かいると思いますが、あっしはそこまでの付き合いをしていないんです。あいつは偉い誰々を知っているとか、手堅い商売をやるには力のある人を頼るべきだみたいな話をするんです。それで、力のある人を知っているのかと聞けば、旗本《はたもと》の誰々につてがある、どこぞの大名家のお留守居《るすい》と昵懇《じっこん》の人を知っているとか、よくそんなことを口にしてましたが、それは自分を高く見せるための放言なんです。相手を信用させようとするときも、そんなことをよく口にしてました。あっしは、あいつは胡散臭い野郎だと思っていましたから、聞いても聞かぬふりを通してましたんで……」

万作は一気にしゃべった。

「それでもおまえは栄助と付き合っていた」

「そりゃあ薬でひと儲けできる仕事のためです。ただやつのことを心底信用していなかったんで、あっしは仕事以外のときは深い付き合いはしませんでしたね」

「おまえは栄助に恨みはないのだな」

伝次郎は万作を凝視して聞く。さっきから万作は落ち着きなく、組んだ足の先を小刻みに動かしている。

「恨むほど悪いことはされてませんからね。それに、あいつの胸のうちがわかってからは、踏み台にされる前におれが踏み台にすりゃいいんだと、そう思っていました」

「栄助はおまえをどう役立てようとしていたんだ？」

「生糸の仲買をやっている頃に、そんな野郎だと気づいたんです。在《ざい》に行って養蚕《ようさん》農家と掛け合うときなんか、できもしないうまい話をするんです。おれたちに預からせてくれりゃ、倍の儲けになるとかそんなことです。そんな儲けになどならないから、そのうちに向こうから裏切られたと言って縁を切られちまう。まああっしに害が及ぶわけじゃないんで、白けた顔をするのが常でしたよ」

「脚気の薬もそうか？」

そう問うたときに、与茂七と粂吉が戸口に姿をあらわした。

万作はその二人を見てため息をつき、

「旦那、そろそろ出かけなきゃならないんです。まだ何かあるんですか？」

と、迷惑顔をする。

「栄助と金の貸し借りはなかったか？」

「あっしはありませんが、やつは園井幾右衛門にはときどき無心していましたね。返したか返さなかったか、それは与《あずか》り知らぬことです」

「おまえは栄助には騙されていなかったようだが、話を聞くと幾右衛門には騙されたのではないか？」

「たしかにうまく騙されましたよ。ようやく薬ができそうになったときに、とんずらされたんですからね」

万作はそう言ったあとで、「くそ」と吐き捨て、足の親指をつかんでぐるぐるまわす。それがこの男の癖なのか、何かを誤魔化《ごまか》すためなのかわからない。ただ、伝次郎はこの男の話をすべて真《ま》に受けるわけにはいかないと思った。

「幾右衛門は医者ではなかったのだな？」

「医者じゃないですよ。本草学とか医術の心得が少しあったぐらいです。幾右衛門を医者に仕立てたのも、栄助の悪知恵なんです」

この当時は医者の免許などないから、おれは医者だと言って看板を出せば、そのときから医者になれるという、いい加減なものだ。

「あらためて聞くが、幾右衛門の引っ越し先に心あたりはないのだな」

「知ってりゃ乗り込んでいますよ」

七

万作の長屋を出た伝次郎たちは横山町に向かった。栄助が出入りしていたという版木屋を探すためである。

版木屋は図画書物を刷るのを生業《なりわい》にしているが、瓦版も作っている。そんな店が横山町には数軒あったが、栄助が出入りしていた店はすぐにわかった。

横山町二丁目にある尾張《おわり》屋で、同じ町内にある書物問屋・栄林堂《えいりんどう》と組んで仕事をしている店だった。

尾張屋の主に栄助のことを訊ねると、すぐによく知っているという返事があり、栄助が殺されたことを教えると、これでもかと言うぐらいに目をまるくして驚いた。

しかし、栄助についてはさほど悪い印象は持っていないようで、

「ときどき小銭稼ぎをさせてくれと頼まれ、面白話を聞かせてもらったり……ほら、

あそこに文机があるでしょう」

尾張屋はそう言って、摺師《すりし》や彫り師が仕事をしている板座敷の隅にある文机を指さして話をつづけた。

「ときどき、自分が見聞きしてきた話をあそこで書いていましたよ。まあ、鵜呑《うの》みにできない話とか、手前勝手な作り話めいたことも書いたり話したりでしたが、毒にならない話なら拾いあげて瓦版にしたことは幾度もあります」

「すると、栄助を恨んでいるような者に心あたりはないということか……」

「それはありませんね。しかし、あの男はあまり信用できない人でしたよ。口はうまいんですが、他人に対しての親身さが足りないんです。いい加減と言えばいいんでしょうかね。ですから常雇《つねやと》いにはできないよと断っていました」

伝次郎はさらにいくつかの問いを重ねたが、栄助は揉《も》め事も起こしていなければ、店の者や職人たちとの付き合いも浅かったようで、恨み恨まれということはないようであった。

尾張屋をあとにすると、そのまま両国橋をわたって本所尾上町にあるももんじ屋を訪ねた。

店の正面看板に「上州屋《じょうしゅう》」とあり、脇の行灯《あんどん》看板には、正面が牡丹《ぼたん》、左右に紅葉《もみじ》の赤絵。看板の下側に「山くじら　もみじ」という文字が書かれている。

山くじらは「猪肉」、もみじは「鹿肉」のことである。また猪肉は「牡丹」と称することもあり、牡丹の絵が描かれているのだ。鶏肉を「かしわ」と称するが、その絵はない。

店の正面には日除《よ》けのための葦簀《よしず》が立てかけてあり、暖簾はまだ出されていなかった。

表戸から声をかけても返事がないので、裏にまわった。その途中から獣特有の臭いが漂ってきた。

解体されている獣は、猪・鹿・狐・兎《うさぎ》だった。足や首が切り離され、無造作に地面に置かれていた。

「主はいるか？　南町の沢村と申す」

伝次郎の声で、二人の庖丁人と若い小僧が同時に顔を向けてきた。三人とも諸肌《もろはだ》脱ぎで尻端折りをしていた。

「何のご用でしょう？」

ひとりの庖丁人が立ちあがった。片手にいかにも切れ味のよさそうな、血のついた庖丁を手にしていた。

「ここに獣の骨をもらいに来ていた男たちがいたはずだ。栄助と万作という男だ。知っておるか？」

「その二人ならよく知っています。骨をくれと言って、入り用なときにちょいちょいもらいに来ました。ここしばらく万作という男は顔を出していませんが、あの二人が何か？」

伝次郎はこの言葉に引っかかりを覚え、眉宇をひそめた。

「栄助という男が何者かに殺されたのだ」

「えっ、ほんとうですか」

「おぬしの名は？」

「わたしは料理人の弥助《やすけ》と言います」

「栄助と揉めたことはなかったか？　あるいは栄助に恨みを持つような者を知らぬか？」

「さあ、そんなことは知りませんね。骨は邪魔なので、いつも捨てるのに往生していたんで、もらってくれるならありがたいと言って、好きなだけわたしていただけですから。あの男が恨みを買っていたかどうか、それはわからないことです」

「万作はしばらく顔を出していないと言ったが、栄助が最後にここに来たのはいつだ？」

弥助という料理人は少し考えてから答えた。

「一昨日の八つ頃でしたか……」

栄助が殺された日である。すると、栄助はここに骨をもらいに来て、どこかへ持っていき、その帰りに殺されたと考えられる。

「そのとき栄助はどこへ骨を持って行ったか聞いておらぬか？」

「園井という医者の家だと聞きましたが……」

「なに」

栄助は幾右衛門と繋がっていたのだ。

「その医者の家はわかるか？」

「たしか花町《はなちょう》だと言っていました」

聞いたとたん、伝次郎は目を光らせて、そばに控える粂吉と与茂七を見た。二人とも大きな手掛かりをつかんだという顔でうなずいた。本所花町ならここからさほどの距離ではない。

「あのぅ旦那、うちの主にご用があるなら呼んできますが……」

弥助は気を遣ったが、

「用があればまた来る。邪魔をした」

と、伝次郎は断って表の道に足を向けた。

第四章　凶器

一

本所花町は大横川《おおよこがわ》と竪川《たてかわ》の交叉する西側にある。竪川に架かる三ツ目之橋《みつめのはし》の近くだ。聞き込みで園井幾右衛門の住居はすぐにわかった。

町の北側の通りに木戸口のある二階建ての長屋で、通りの反対側は美濃岩村《みのいわむら》藩下屋敷の長塀である。

長屋に入って一軒目の左側が幾右衛門の家だった。

「閉まっているな」

腰高障子は閉まっていた。戸口横には小さな看板があり、「医者」と書かれていた。

伝次郎は声をかけて戸に手をかけたが、開く様子はない。家から出てきたおかみが不思議そうな顔を向けてきて、

「留守のようですよ」

と、教えてくれた。

「いつ戻るかわからぬか？」

おかみは「さあ」と、首をひねり、

「昨日も姿を見なかったんで、どこかお出かけなんでしょう」

そう言って井戸端のほうに行こうとしたので、伝次郎は呼び止めた。

「この家に栄助という男が出入りしていたと思うのだが、見たことはあるか？」

「栄助さんならときどき見えていましたよ。一昨日も先生の家に籠《こ》もっていました。夕方、わたしにまた明日来ると言って帰って行かれたんですが、昨日は見えませんでしたね。栄助さんがどうかしたんですか？」

おかみは好奇心の勝った顔になっていたが、

「いや、ちょいと調べていることがあるだけだ。忙しいところすまなんだ」

伝次郎はそう言って、粂吉と与茂七を振り返った。

「旦那、裏の勝手はどうでしょう。こういう長屋にはだいたい勝手口があります。見てきましょう」

粂吉がそう言って、長屋の裏にまわった。

「栄助は殺された日に幾右衛門のこの家に来ていたのだ。そして、帰る途中で殺された」

伝次郎は井戸端で洗い物をはじめたおかみを見ながら、独り言のようなつぶやきを漏らした。

「すると栄助は待ち伏せされたんでしょうか？」

与茂七が応じたときに、幾右衛門の家の戸ががらりと開き、粂吉が硬い表情を向けてき、

「旦那……」

と、緊迫した声を漏らした。

「いかがした？」

「殺されています」

「なに」

伝次郎は片眉を大きく動かすなり、家のなかに入った。すぐ目の前の居間にひとりの男がうつ伏せに倒れていた。顔は横を向いている。医者らしく慈姑《くわい》頭だ。

「与茂七、さっきのおかみを呼んでこい」

与茂七がすぐに飛び出していった。

伝次郎は家のなかを仔細に眺めた。医者らしく薬箪笥《たんす》や薬籠《やくろう》があり、薬研《やげん》・乳《にゅう》鉢《ばち》・匙《さじ》・天秤・薬壺などが散乱していた。乾いた獣の骨が古い畳紙《たとうがみ》の隙間にのぞいていた。

梯子段《はしごだん》を使って二階にあがると、そこは寝所になっていた。幾右衛門の着物が衣紋掛けにあり、行李《こうり》の蓋が開け放されていた。のぞいてみると、底に手文庫《てぶんこ》があり、抽斗《ひきだし》が開けられていた。それに財布がひとつ。明らかに漁《あさ》られたとわかる。財布は空っぽだった。手文庫にも金が入っていたと思われる。

（物盗りか……）

伝次郎がそう思ったとき、階下から小さな悲鳴が聞こえてきた。一階に下りると、与茂七が呼んできたおかみが小さくふるえていた。

「旦那、園井幾右衛門に間違いないようです」

与茂七が伝次郎に告げた。

「おかみ、もう一度聞く。この医者を昨日は見なかったのだな？」

「は、はい。朝から戸は閉められたままでした」

おかみはふるえ声で答えた。

「一昨日の夕方にはいたのだな？」

「日の暮れ前には姿を見ました」

「栄助はどうだ？」

「姿を見たのは栄助さんが帰られたときです。で、でも、どうしてこんなことに……」

伝次郎はおかみの疑問には答えず問いを重ねた。

「栄助が帰ったあとで、幾右衛門を訪ねてきた者がいたか？」

「いなかったと思いますが、よくはわかりません。始終この家を見ていたわけじゃありませんから」

もっともなことだ。

「与茂七、番屋に行って書役を連れてきてくれ。それから店番を使ってこの家の大家を呼ぶんだ」

「へい」

与茂七が飛び出していくと、伝次郎と粂吉は長屋にいる者たちに聞き調べをしていった。

やはり、昨日、幾右衛門を見たという者はいなかった。一昨日には姿を見たり、世間話をしている。しかし、日が暮れたあとで見たという者はいない。夜になって家の灯りもなかったとも言った。

聞き込みはもう少ししなければならないが、おそらく幾右衛門は一昨日の夕方に殺されたと考えてよいはずだった。それも、栄助が殺されたあとであろう。

自身番の書役と大家がやってくると、伝次郎は幾右衛門のことを仔細に聞き、また殺しの状況から、

「寝間にしていたらしい二階の行李が荒らされ、金が盗まれているようだ。物盗りの仕業かもしれぬが、そうではないかもしれぬ」

と、推量した。

「どういうことでしょう?」

鶴のように痩せた大家が、青ざめた顔を向けてきた。

「話せば長いのであとにしてくれ。それより、下手人捜しが先だ。大家は死体をどうするか考えてくれ」

伝次郎はそう言って、粂吉と与茂七の三人で手分けして近所での聞き込みを開始した。

二

一刻ほど本所花町とその隣町周辺を徹底して聞き調べたが、これといった話を聞くことはできなかった。

その間に園井幾右衛門の死体は、本所花町の自身番裏に移されていた。新たにわかったのが、幾右衛門が長屋に越してきたときの請人《うけにん》が、殺された栄助になっていたことだ。これは入人別帳《いりにんべっちょう》でわかったことだが、以前住んでいたのは横山同朋町なのに別の町名が記載されていたので、生国《しょうごく》や宗旨《しゅうし》などは出鱈目《でたらめ》だと思われた。

伝次郎はそのことはあまり気にせず、下手人捜しに重点を置いた。気になるのが幾右衛門の死因である。

明らかに撲殺《ぼくさつ》であった。後頭部を鈍器《どんき》で打たれていたのだ。その打撲痕を見たとき、伝次郎の脳裏に真っ先に浮かんだのが、栄助の死体だった。栄助の死体にも似たような打撲痕があった。それは耳の上の陥没痕だった。

栄助殺しに使われた得物は天秤棒だと決めつけていたが、じつは致命傷を与えたのは別のものだった可能性がある。

その凶器と思えるものが見つかったのは、日が西にまわり込んだ時分だった。発見したのは与茂七だった。

「この柄には血がついています」

与茂七が差し出したのは玄翁《げんのう》だった。両面が同じ大きさの小口で、一般に両口玄翁と呼ばれる。長屋の木戸口にいた伝次郎はその玄翁を受け取った。

「下手人は表の木戸から入らずに、裏の勝手から幾右衛門を訪ね、そして裏から出て行けば長屋の住人に見つからなかったかもしれません。何度も勝手口から通りに出て気づいたんですが……」

条吉だった。

「この玄翁はどこにあった？」

伝次郎は玄翁をつかんだまま与茂七を見た。

「すぐそこの用水です。たまった芥《ごみ》の上にあったんで、目について……」

与茂七は一方に目を向けて指さした。長屋の木戸を出ると、目の前は美濃岩村藩下屋敷だ。その屋敷のまわりには用水がめぐらされている。

伝次郎は虚空に視線を向けたまましばらく考えた。

黙り込んでいると、条吉が口を開いた。

「旦那、栄助と幾右衛門は、つい三日前までいっしょに仕事をしていたってことですよね。ということは栄助と幾右衛門は、万作を裏切ったことになりはしませんか？」

伝次郎は空を飛んでいく鳥を追っていた目を条吉に向けた。

「そうだ。されど、万作は栄助が殺された頃には岩水という医者の家にいた」

「すると、万作にはできない所業ってことになります……」

条吉は首をひねった。

「与茂七、二日前の夕方、万作は岩水という医者の家にいたと聞いてきたな。それは誰に聞いたのだ？　医者から聞いたのか？」

「いいえ、女中です。その頃、医者は往診に出かけていたらしいんです」

「すると、万作は女中といっしょにいたのか？」

「裏庭で仕事をしていたと聞きましたが……」

与茂七は自信なさげな顔で答えた。

「女中は住み込みか？　それとも通いか？」

「そこまではたしかめませんでした」

「旦那、女中がもし通いなら、万作は女中の目を欺《あざむ》くことができたかもしれません」

条吉は長年小者《こもの》を務めているので、伝次郎が考えたことを代弁する。

「うむ。医者の岩水宅から栄助が殺された空き地まで急げば、半刻とかからぬだろう」

「行って医者の家に帰るまで多めに考えて、かかるのは一刻ぐらいではないでしょうか。舟を使えばもっと早くなるでしょうが……」

たしかにそうだ。

岩水の家の近くには佐久間《さくま》河岸がある。しかも猪牙舟を仕立てるのは容易《たやす》い場所だ。

舟を使えば、栄助の殺された空き地までは小半刻もかからない。栄助を殺《あや》めたあと、歩いて幾右衛門の家を訪ねて思いを果たし、その足で医者・岩水の家に戻るのに、多く見積もっても半刻ぐらいだ。

「粂吉、与茂七、もう一度万作に会う」

言うが早いか伝次郎は歩き出していた。

「粂吉、向こうに着いたら万作を乗せたかもしれぬ船頭を捜せ」

「承知です」

伝次郎はさらに足を速めた。日は西にまわりこんではいるが、日が暮れるにはまだ間がある。

三

町を歩く人の影が少し長くなっていた。

伝次郎は栄助殺しと園井幾右衛門殺しは、同一人物の仕業だろうと考えていた。そして、もっとも疑わしいのが、殺された二人の元仲間だった万作である。

しかし、万作は事件が起きた頃、岩水という医者の家にいた。それが真実なら、万作ではない他の人物ということになる。

医者の岩水は自宅屋敷にいた。患者はおらず、診察部屋でのんびり煙草を喫《の》んでいた。

「何かご用で……」

煙管《キセル》を灰吹きに打ちつけてから伝次郎を見た。慈姑頭に霜を散らした初老の男だ。

「南町の沢村伝次郎と申す。ここに万作なる男が出入りしていると思うが……」

「万作なら麴町に使いに出ています。あの男に何か？」

岩水はそう応じて、おかけくださいと、部屋の上がり口を示す。

「いろいろと聞かなければならぬことがあるのだ。麴町に使いと言われたが、すぐに戻ってくるだろうか？」

「ぼちぼち戻ってくる頃でしょう」

岩水は一度庭のほうを見てから、言葉をついだ。

「わたしでお答えできることでしたら話しますが……」

「一昨日の夕刻のことだ。万作はこの家にいたと聞いているが、それはほんとうであろうか？」

「はて、おかしなことをお訊ねになる。万作は裏庭で仕事をしていたはずです。わたしは往診に出て遅くなったので、ちょいと寄り道をして……うひひ、一杯引っかけて帰ってまいりましたが、そのときはもういませんでした。わたしの帰りが遅いので先に帰ったんでしょう」

「そのとき、この家には女中がいたのでは……」

「おていという女中は通いです。夕餉の支度をすると帰ってしまうので、わたしが帰ってきたときには誰もいませんでした」

伝次郎は眉宇をひそめた。

「おていという女中は、いつも何刻頃帰る。いま、おていはいるか？」

「急な患者が飛び込んでこなければ、いつも六つ（午後六時）頃家に戻ります。おていはいま買い物に出かけていますが、そろそろ戻ってくるでしょう。それで、万作が何かしでかしたんでございましょうか？」

伝次郎は診察部屋の上がり口に腰掛けて視線をめぐらした。

薬箪笥に薬研《やげん》に乳鉢などと、どこの医者の家にもある道具がある。古びた医術書がぞんざいに重ねられ、いまにも崩れそうになっている。

「つい二月ほど前まで万作と組んで仕事をしていた男が、二人殺されたのだ。それも一昨日の夕刻である。その時分、万作はこの家にいたと聞いているが、それをたしかめなければならぬ」

岩水はぽかんと口を開け、目をしばたたいた。

「万作と組んでいた男と申しますと、脚気の薬を作っていた医者と手伝いのことでしょうか？」

「存じておるか？」

「いえ、話は聞いております。万作はその二人と仕事をしていたが、肝心の医者が夜逃げをして二進《にっち》も三進《さっち》もいかなくなった。あらかたの薬の作り方を知っているので、それをわたしに作ってくれと頼んできたのです。まあ、話を聞いて眉唾だと思いましたが、万作は熱心にわたしを口説きますので、ものは試しでやっておるところですが……」

そこへ女中が買い物籠を提げて戻ってきたので、岩水は言葉を切って、

「女中のおていです。こちらは南御番所の、えーと」

「沢村だ。おてい、この男は与茂七と言うが、一度会っているな」

伝次郎は言葉を引きついで与茂七を示した。おていはこわばった顔で与茂七を見て、ええと返事をする。

「一昨日の夕刻のことだ。岩水殿はそのとき往診でこの家を留守にされていたが、万作はその頃裏庭で仕事をしていたのだな」

「はい。獣の骨を砕いていました」

「それは何刻頃のことだ？」

おていは目をきょときょと動かしてから、七つ半（午後五時）頃だと答えた。

「その日、おまえは何刻頃に帰った？」

「七つ半頃です。万作さんに先に失礼しますと断ってから帰りました」

伝次郎は一度、与茂七と顔を見合わせた。

「すると日の暮れる六つ頃に、万作がここにいたかどうかはわからぬのだな」

「それはわかりません」

七つ半にこの家を出て、清住町の空き地に行くのに急いで歩いたとすれば、六つ過ぎには着ける。舟を使うならもっと早く着ける。犯行に及ぶ時間は十分にある。

「与茂七、あれを見せろ」

伝次郎に言われた与茂七は、本所花町の用水で見つけた玄翁を懐《ふところ》から出し、岩水とおていに見せた。

「この玄翁に見覚えはないか？」

岩水とおていは与茂七が手にした玄翁を、めずらしそうな顔をして見た。表情を変えて伝次郎に顔を向けたのはおていだった。

「それは万作さんが骨を砕くのに使っていた玄翁では……」

伝次郎はキラッと目を光らせた。

「万作の玄翁はどこにある？」

「裏庭です」

伝次郎はそのまま裏庭に案内してもらった。庭には菰《こも》に包まれた数本の獣の骨があった。蓋《ふた》のされた壷があったので、開けて見ると砕かれた白骨が入っていた。その他に臼《うす》の土台があり、その横に玄翁が置かれていた。

「万作さんは、この臼に骨をのせて砕いているんです」

伝次郎は臼の横に置かれている玄翁を手に取った。

「これは新しいな」

「前のが壊れたので、昨日買って見えたばかりですから」

伝次郎は二人の殺しは、ますます万作の犯行だという確信を強めた。

「与茂七、万作が戻ってきたら、その場で押さえる」

伝次郎はそう言って家のなかに戻った。

「どうなんでしょう？　まさか、万作が……」

岩水が落ち着きのない顔で訊ねてきた。

「じっくりやつから話を聞くしかない。岩水殿、しばらく待たせてもらう」

伝次郎がそう言ったとき、粂吉が戸口にあらわれた。

「旦那、万作を乗せた船頭がいました。日の暮れ前に和泉《いずみ》橋から乗せ、万年《まんねん》橋の袂で下ろしたそうです」

四

伝次郎は岩水の家で待つのは悪いと思い、伊勢国津藩藤堂家上屋敷の西側にある茶屋で万作を待った。取り調べに使う自身番へ断りもすませたので、あとは万作から話を聞くだけである。

岩水は万作の言葉に従い薬をあれこれ調合し、脚気の患者に飲ませているが、その効能ははっきりしないと言った。もし、ほんとうに効くなら一山あてることになると、少しだけ期待顔をしながらも、海のものとも山のものとも知れず無駄な労力かもしれないとも語った。

万作は獣の骨を麹町の山奥屋《やまおく》という店から仕入れるようになっていた。それも伝次郎の引っかかることである。

とにかく、万作を追及しなければならない。

日が大きく傾き、目の前の藤堂家の長塀に歩く人の影が映るようになった。目の前の通りを職人や近所の侍が通り過ぎてゆく。

「万作が岩水先生に話を持ちかけたのは、一月ほど前と言いますから、その頃幾右衛門と栄助に裏切られたことを知ったのかもしれませんね」

条吉が暇にあかせて口を開く。

「万作もひどい野郎ですけど、幾右衛門も栄助もこすからい野郎じゃないですか。話を聞いてると、どっちもどっちって気がします」

与茂七が茶を飲んで言う。

「どっちに転んでも、人殺しは人のやることではない」

伝次郎は和泉橋のほうに目を向ける。万作の姿はまだない。

米俵を積んだ大八車が音を立てて過ぎ去ってすぐのことだった。佐久間町の火除《ひよけ》広道から曲がってあらわれた男がいた。体つきからすぐに万作だとわかった。

「旦那、来ました」

条吉が表情を引き締めて言った。伝次郎は近づいてくる万作に目を凝らす。肩に袋物を背負っている。おそらく獣の骨だろう。

その万作が茶屋の前に差しかかった。伝次郎たちには気づかず、まっすぐ通り過ぎようとしたそのとき、

「万作、待つんだ」

伝次郎は声をかけて、座っていた床几から立ちあがった。立ち止まった万作がギョッとした顔を振り向け、粂吉と与茂七にも気づき顔をこわばらせた。

「今日はまた何のご用で……」

万作は肩に背負った荷物を抱え直した。

伝次郎が前に立つと、粂吉と与茂七が逃げ道を塞《ふさ》ぐように背後に立った。異変を察知したのか、万作の目が泳いだ。

「きさまのことをあれこれ調べてな。ちょいと詳しい話を聞かなければならぬ。番屋に付き合ってくれるか」

伝次郎がそう言ったとたん、万作は肩に背負っていた袋物を振って与茂七にたたきつけた。わっと、与茂七が声を漏らして下がると同時に、袋に入っていた肉つきの骨がばらばらと道に散らばった。

万作は与茂七が尻餅をついたと同時に、来た道を駆け戻った。

「粂吉、追うんだ。逃がすな」

伝次郎も指図しながら追いかけた。

万作は佐久間町の北側の道へ逃げ、さらに路地に飛び込んだ。粂吉がそのあとを追い、伝次郎があとに従った。万作は子供を突き飛ばし、積んであった薪束《まきたば》を払い、前から歩いてくるおかみにぶつかり、罵《ののし》りの声を浴びた。

粂吉が万作との距離を詰め、表通りに出たところで襟首をつかみ、地に転げまわした。追いついた伝次郎は、粂吉が取り押さえた万作の胸ぐらをつかんで立たせた。

「なぜ逃げる？」

「……し、知らねえ。おれが栄助を殺《や》ったと疑っているからだ。おれは殺っちゃいない」

万作は荒い息をしながら伝次郎をにらむように見る。

「そうかい。だったら逃げることはないだろう。おとなしくついてくるんだ」

伝次郎はさっと万作の片腕を背中に捻《ひね》りあげて歩かせた。

行ったのは佐久間町一丁目の自身番だった。

詰めている書役と店番が居間を空けてくれ、伝次郎はそこで万作と向かい合って座った。

「きさまは一昨日の夕刻、七つ半頃、岩水殿の女中・おていが家に帰ると、その足で和泉橋のそばで猪牙《ちょき》を仕立て、万年橋の袂で下りた。そのあと清住町の空き地に行って栄助の帰りを待ち、持っていた玄翁で栄助の頭を殴りつけ、さらに天秤棒で滅多打ちにして殺した」

「…………」

「今度はその足で園井幾右衛門の家に行き、やはり持っていた玄翁で幾右衛門の頭を殴って殺した。二人を殺したのは、おまえがその二人に裏切られたからだ」

万作はむんと口を引き結んだまま黙っていた。

「二人を殺したことを認めるか？」

「あっしがやったという証拠《あかし》があるんですか？　あっしはたしかにあの二人が憎かった。だってあっしを裏切って、二人だけで一儲けしようとたくらんだんですからね。だけど、あっしはやっちゃいませんよ」

「そうかい。だったら一昨日の夕刻、猪牙を仕立ててどこへ行ったんだ。きさまが万年橋の袂で下りたのはわかっている」

万作は視線をそらし、忙しく考えをめぐらす顔になった。

「きさまが殺しの得物に使ったのが、この玄翁だ」

伝次郎は与茂七からその玄翁を受け取って膝前に置いた。

「きさまは幾右衛門を殺したあとこの玄翁を、表通りの用水に捨てた。だが、玄翁はたまっている芥の上に落ちて沈まなかった」

万作は口を引き結んだまままそっぽを向く。

「きさまは仕事に使う玄翁がないと困るので、新しい玄翁を昨日仕入れた。そうだな。おい万作、もう言い逃れはできねえぜ。正直に白状しなきゃ、大番屋に行ってあらためての調べをやることになる。大番屋では石抱《いしだ》きでも笞打《むちう》ちでも好きなことができる。喋《しゃべ》らなきゃ、そうして話を聞くまでのことだ。どうする」

伝次郎は口調を変えて、万作の目をにらみつける。罪人を落とすときには宥めたりすかしたり、あるいは恫喝《どうかつ》するのが常套《じょうとう》手段だ。呼び方も「おまえ」と言ったり「きさま」と言ったりと、そのときどきで使い分ける。

万作はあきらかに動揺している。逃げ道はないか、都合のよい言いわけはないかと考えているのだろうが、それは無駄なあがきだと伝次郎にはわかる。

「万作、観念することだ」

「………」

「強情を張るか。万作、おまえの生国《しょうごく》はどこだ？」

ひょいと万作の顔があがる。

「相州《そうしゅう》は小田原《おだわら》です」

「小田原から江戸へ出て来たのか。人に言えぬ苦労があり、地べたを這うようにしてここまで必死に生きてきた。そうなんだろう。親はどうした？」

「もうとっくにいません。兄弟が三人いましたが、みんな死んじまって……」

「おまえはその兄弟や親の分も生きようと、少しでも楽な暮らしをしよう、できれば出世したい、生まれ故郷に錦を飾りたいと思ったことだろう。親を泣かせることはしてはならないが、もうその親はいない。されど、二親《ふたおや》はおまえのことを、あの世からずっと見守っていたかもしれぬ。万作、まっとうな道を歩いてくれ、貧乏をしても道を外れるようなことはしてくれるなと祈るような気持ちで……」

「旦那、何を言いたいんです」

「おまえはいい年だ。女房はどうした？」

伝次郎は万作にはかまわず問いを重ねた。

「いっしょになった女がいますが、十五、六年前にぽっくり逝っちまいました」

「可哀想にな。……子供はいなかったのか？」

「……生まれてすぐ死にました」

万作は哀しそうな顔でうなだれた。

「辛いことがたくさんあったな、万作。だけどな、人の道を外れたら償いをしなければならぬ。それが世の習いだ。信じていた者に裏切られた悔しさや怒りはよくわかる。その辺のことを、お白洲《しらす》の上できちんと話すことだ。悔い改める気持ちがあるなら、情に厚いお奉行は酌量してくださるかもしれぬ。それはおまえの心得次第だ」

万作はゆっくり顔をあげた。反抗的な表情が消え、目が潤んでいた。

「あっしにはまだ救いがあるとおっしゃるんで……」

「極刑は免れるかもしれぬ」

万作は茫洋《ぼうよう》とした目を短く彷徨《さまよ》わせ、悔しそうに唇を噛み、がくっと頭《こうべ》を垂れた。

「勘弁ならなかったんです。あっしを裏切ったから勘弁できなかったんです。あの野郎たちはあっしに嘘をついて、裏をかいて……あっしは騙されたんです。いいように使われ、そして役に立たない駒のように捨てられたんです」

「殺したのは、きさまだな」

万作は突っ伏したまま、罪を認めるようにうなずいた。

五

その日の伝次郎の仕事は早かった。白状した万作の口書《くちがき》をまとめると、町奉行所に行き、牢送りの手続きを取り、その夜のうちに万作を一時留め置きの町奉行所内の牢に入れた。

万作は吟味方《ぎんみかた》の調べを受け、小伝馬町《こでんまちよう》の牢に送られ、そのあとで奉行の裁きを待つだけである。

伝次郎がやるべきことを終えて川口町の自宅に帰ったのは、夜も遅い刻限であった。

「遅いので心配していたんですよ。お疲れでございますね」

千草が迎え入れてくれ、濯《すす》ぎを用意してから、

「栄助の一件はまだ終わらないのですか？」

と、聞いてきた。

「ひとまず落着だ。清吉のことがあるが、今夜はそこまで頭がまわらぬ。一杯引っかけて寝ることにする」

伝次郎がそう言うと、千草は心得たという顔ですぐ台所に下がって寝酒の支度にかかった。

「与茂七、ご苦労であった。明日からまた忙しくなる。一杯やったら寝よう」

「へえ、そうします」

若い与茂七もさすがに草臥《くたび》れた顔をしていた。

寝酒を引っかけて床に就いた伝次郎だが、体は疲れているのにすぐに睡魔はやってこなかった。枕許の有明行灯のあかりを受ける天井を見つめながら、万作が白状したことを考えた。

万作は園井幾右衛門と栄助と、生糸の仲買でそこそこの儲けを得ることができていた。その話を持ちかけたのは栄助だった。

万作は栄助のことを口のうまい男だと思っていたが、稼ぐことができれば文句はなかった。しかし、生糸の仲買は長くつづかず、そのうち養蚕農家から締め出しを食らった。それは栄助が配当の金を誤魔化し、それが露見して信用をなくしたのが原因だった。

万作たちはつぎのことを考えたが、うまい商売はなかなかない。そんなある日、栄助が脚気に効く薬を作ることができれば、ひと儲けできると提案した。

なぜそんなことを考えたかを万作が聞くと、栄助は獣肉を食っている村には脚気が少ないので、獣肉をうまく調合して薬にすれば効くのではないか、治らなくても脚気の症状を和らげることができれば、それは立派な薬になると言った。

園井幾右衛門は、名案だと言ってその話に乗り、自分が医者になりすまして当分は二人の面倒を見ると約束した。かくして三人は、脚気の薬作りをはじめたが、なかなかうまくいかない。

あれやこれやと脚気患者に飲ませているうちに、それとなく脚気に効く薬が調合できた。その矢先に幾右衛門が夜逃げ同然で家移りをして姿を消した。それは栄助と幾右衛門の相談のうえだった。

何も知らない万作は幾右衛門捜しをしたが、いっこうに見つからない。裏で幾右衛門と繋《つな》がっていた栄助も、捜しているがわからないと困った顔をして、万作を欺いていた。

何も知らない万作が、桂瀬岩水という町医者と知り合ったのはそんな頃だった。酒好きの岩水に、万作が脚気薬の話をすると、

「それは名案である。うまくいけば途方もない金持ちになれる」

と、乗り気になった。

万作はそれならばひとつやってみようと言って、幾右衛門がやっていたことを思い出しながら、岩水に調合の助言をし、自分は獣の骨集めに奔走《ほんそう》した。東両国のももんじ屋に行ったが、その日は生憎《あいにく》目あての骨がなかったので、麴町のももんじ屋・山奥屋に行って話をつけた。

それから四、五日後のことだった。万作が東両国に遊びに行ったとき、栄助の姿を見かけたのだ。それも、栄助がももんじ屋の裏から出てきたので、これは何かおかしいと思って尾《つ》けると、行った先は本所花町にある幾右衛門の家であった。

万作はカッと頭に血を上らせたが、その場は何とか自分の感情を抑えて踵《きびす》を返

した。しかし、考えれば考えるほど憤りは収まらない。まんまと欺かれ、裏切られたと思うと腸《はらわた》が煮えくり返るほど悔しくなり、腹が立った。

腹立ちは収まらず、怒りは滾《たぎ》るばかりだ。そこで万作は自分なりの計画を立て、岩水が往診に出た一昨日の夕方に、栄助と幾右衛門殺しを決行することにした。

行灯の芯がジジッと鳴り、灯りが消えたことで伝次郎は、回想を断ち切った。そのまま胸のうちでつぶやいた。

(万作もよくよく考えて首尾よく二人を殺したのだろうが、悪事というものは、そう易々《やすやす》とうまくいくものではない。それは、殺された二人も同じだが……)

ふっと嘆息《たんそく》すると、伝次郎は強い睡魔に襲われた。

六

伝次郎が目を覚ましたのは、台所で千草と与茂七が言葉を交わしている声を聞いてのことだった。

すでに表は明るくなっており、半身を起こして障子を開けると、ひんやりした朝の風が頰を包んだ。空はよく晴れている。

庭下駄を突っかけ、井戸端で顔を洗うと居間に行って茶を催促した。

「よくお休みでしたね」

千草が湯呑みを差し出しながら言う。

「おれは旦那の鼾《いびき》で起きちゃいましたよ」

与茂七がずるっと茶を飲んで含み笑いをした。

「そんなに大鼾をかいていたか」

「おかみさんもあれじゃ、そばに寝てられなかったでしょう」

「与茂七、大袈裟ですよ。でも、たしかに大きな鼾でした」

千草はそう言って飯をよそいはじめた。

伝次郎と与茂七が朝食に取りかかると、

「今日から清吉さん捜しができるのでしょうか？」

と、千草が顔を向けてきた。

「そのつもりだ」

「磯松の茂兵衛さんとおくらさんは必死に捜してらっしゃいますが、いっこうに見つかりません。昨日はずいぶんお疲れの様子で、おくらさんは半分あきらめたようなことをおっしゃるし……」

伝次郎は飯をかき込み、味噌汁を飲んでから、

「おれが頼んだことは調べてくれたか？」

と、千草に顔を向けた。

「あれこれ聞いてはみましたが、わたしが磯松へ行って店のなかをうろうろするのはおかしいので、おそらく十分ではないはずです」

「わかったことだけ、あとで教えてくれ」

伝次郎は朝飯に専念し、食後の茶をもらってから千草の話に耳を傾けた。

「清吉さんが誰かに呼び出されたのではないかということですが、おくらさんが調べたかぎりそんなことはないはずだとおっしゃいます。誰かと約束していたのかどうか、それははっきりしませんが、約束していたとしたら遊び友達や同じ手習所の筆子《ふでこ》なんでしょうが、それもなさそうです」

「清吉が店を出ていった刻限はわかるか？」

「はっきりした時刻はわかりませんが、最後に清吉さんを見た女中は、日が暮れかかった頃だと言っているらしいので、おそらく六つ頃だったのでしょう」

「清吉はそんな頃にしばしば出かけていたのだろうか？」

「たまにはあったかもしれませんが、よくはわかりません」

「清吉がよく遊びに行く場所などはどうだろう？」

「茂兵衛さんもおくらさんも、あたりはつけたけれど……」

千草はそう言って、首を横に振った。

「ま、よい。今日はもう一度磯松に行って、茂兵衛から話を聞こう」

伝次郎は湯呑みを置くと、

「与茂七、着替えをしたら出かける。支度をしろ」

と、言って立ちあがった。

「粂さんにも助を頼みますか？」

「今日のところはいいだろう」

川口町の自宅を出た伝次郎は、真っ青に晴れた空を眺めて歩く。秋の気配を漂わせる細くて薄い筋雲が浮かんでいた。

「万作はやっぱ獄門《ごくもん》でしょうね。旦那はお奉行が手心を加えてくれるかもしれないと言いましたけど……」

与茂七が隣に並んで顔を向けてきた。

伝次郎はたしかにそんなことを言った。白状させるために万作に言ったのだが、おそらく酌量はないだろうと、伝次郎も考えている。

万作を裏切った栄助と幾右衛門には、たしかに問題はあるが、ことは殺しであるから厳罰が下されるはずだ。

それにしても、殺しの得物が玄翁だったとは。

万作は栄助の帰りを待ち伏せしていたのだが、もし栄助が違う道を通っていたなら、万作はあきらめて帰るつもりだったらしい。しかし、栄助はいつも使う道をやって来た。

万作に呼び止められた栄助は、白々しくも、

——幾右衛門さんがとんずらしちまって、おれたちは割を食っちまったな。

と、口の端に苦笑を浮かべた。裏で幾右衛門とつながり、自分を除《の》け者にしているくせに、またもや見え透いた嘘をついたのだ。万作の怒りが沸点《ふってん》に達したのは、

栄助のその科白《せりふ》だった。

万作は煮え立つ怒りを抑え、相談があると言って栄助を空き地に連れ込むと、いきなり頭を玄翁で殴った。栄助は倒れたが、すぐには死ななかった。頭から血を流しながら起き上がろうとしたのだ。それを見た万作は、そばに転がっていた天秤棒を拾って、栄助が動かなくなるまで滅多打ちにした。

しかし、幾右衛門の場合は玄翁の打ち所がよかったのか、たった一発で死に至らしめることができたらしい。

「哀れな栄助と幾右衛門ではあるが、やはり万作の所業《しょぎょう》に手心は加えられないだろう」

伝次郎は日本橋川に架かる湊《みなと》橋をわたりながら、与茂七に応じた。

「それにしても早く片づけることができてよかったですね。これで清吉捜しに身を入れられますから……」

「うむ」

「しかし、もう清吉が消えてから十一日ですからね。まさか、殺されてるなんてことないでしょうね」

伝次郎がもっとも危惧《きぐ》していることを与茂七は口にする。無論、そのことを一番怖れているのは磯松の茂兵衛とおくら夫婦であろう。攫われたのであれば、身代金をねだられてもおかしくはないが、これまでその兆候はない。

金目あての拐《かどわ》かしでなければ、清吉は自ら家を出たのか……？ その辺のことがよくわからない。清吉に恨みを抱いていた何者かが攫って殺めたのかと考えもするが、いまのところ死体の発見はない。

清吉は誰にも知られることなく、煙のように消えただけだ。

「与茂七、今日はじっくりと磯松で話を聞く」

伝次郎は崩橋をわたり、小網町の通りに入ると足を急がせた。

海苔問屋・磯松は常と変わることなく商いを行っていた。奉公人たちにも特段変わった様子はない。

しかし、伝次郎と与茂七が暖簾をくぐって店に入ると、帳場に座っていた番頭が、

「沢村様、お待ちしていました」

と、目を輝かせて尻を浮かした。

「何かあったか？」

「どうぞ奥へ、いま旦那様を呼んでまいりますので……」

番頭がせかせかと奥に消えると、伝次郎と与茂七は帳場裏の小座敷に入った。

七

待たされるまでもなく茂兵衛とおくらが、伝次郎と与茂七のいる小座敷にやって来た。

「沢村様、いつもより顔色がすぐれない。

「沢村様、お待ちしておりました。もうどうにもなりません」

茂兵衛は腰を下ろすなり弱り切った顔を向けてきた。

「どうにもならないというのは……」

「まったくわからないのです。手前どもは八方手を尽くしてまいりましたが、清吉の行方はさっぱりわかりません」

「もう十一日もたつのです。それなのに、なんの音沙汰もなければ、誰からの沙汰もありません」

おくらは泣きそうな顔で唇を嚙んだ。

そこへさっきの小兵衛《こへえ》という番頭がやって来て、部屋の隅にゆっくり腰を下ろした。

「大まかなことは千草から聞いているが、番頭と手代も清吉捜しをやっているのだな」

伝次郎は小兵衛に顔を向け、そして茂兵衛夫婦に視線を戻した。

「さようです。手分けをしてあたるところはすべてあたったのですが、清吉の〝せ〟の字も出てきません」

「栄助の一件は片づいたと聞きました。もう頼れるのは沢村様だけでございます。どうか、どうか清吉を捜し出してください」

おくらは目を潤ませて頭を下げる。

「栄助の一件は誰から聞いた？」

「妹のおようです」

昨夜、伝次郎は栄助殺しの下手人が捕まったことを、女房のおように知らせていた。おくらはそのおようから連絡をもらったのだろう。

「焦る気持ちはわかるが、身代金はねだられてはいないのだな」

「何もありません」

答える茂兵衛の目の下には隈《くま》ができていた。心配のあまりよく寝ていないのかもしれない。

「繰り返しになるが、清吉が家を出て行ったとき、清吉はどこへ行ってくる、誰に会ってくると、さようなことは口にしなかったのだな」

「していません」

おくらが答える。

「出て行く前に誰かに呼び出されたようなこともない」

「それはよくわかりませんが、清吉を呼びに来た友達もいなければ、誘い出したような者もいないのです」

「友達も通っていた手習所にも話は聞いているが、いっこうに行方はわからぬということか」

伝次郎は独り言のようにつぶやいて、考えをめぐらした。そこへ、平造《へいぞう》という手代が茶を運んできてみんなに配った。

「平造、そなたも清吉捜しを……」

伝次郎は茶を配り終えて番頭の隣に座った平造を見た。

「はい。あちこち捜してはみましたが、何もわからないままです」

「他に清吉捜しをしている者は？」

「ここにいる者だけです。他の奉公人にも手伝ってもらいたいのですが、悪い噂を立てられては困ります。小兵衛と平造は口が堅いので、手伝ってもらっていますが……」

茂兵衛はそう言って大きなため息を漏らした。

「おれは徳助の一件で、清吉と何度も話しているが、人に恨まれるような子ではなかった。そう感じているが、もしや思いもかけぬところで恨みを買ったようなことに心あたりはないだろうか」

茂兵衛とおくらは顔を見合わせた。

「あの子にかぎってそんなことはないはずです」

おくらが答えた。

「では、この店はどうだろう？　この店に恨みを持っているような者に心当たりはないか？」

「それはわたしを恨んでいると言うことでしょうか？」

茂兵衛は額に蚯蚓《みみず》のようなしわを走らせて伝次郎を見る。

「縮めて言えばさようなことになるだろう」

「それはどうでしょう。わたしは恨まれるようなことはしておりませんし、人を恨んだこともなければ、恨んでいる人もいません」

「おくら、そなたはどうだ？」

伝次郎はおくらに視線を移した。身に覚えはないとはっきりと答える。

「では、清吉ともっとも仲のよい奉公人は誰だ？　清吉とよく話をしていたとか、遊び相手になっていたような者だ」

「それでしたら手代の徳助を殺した吉蔵です」

番頭の小兵衛はそう言って言葉をついだ。

「清吉はどういうわけか、吉蔵に懐《なつ》いていました。吉蔵も清吉を可愛がっていましたし、お互いに悪ふざけをして楽しそうに笑っていたり……」

「それはわたしも知っています。清吉ぼっちゃんが吉蔵と親しかったのはたしかです」

手代の平造が言葉を添えた。

「吉蔵が……」

伝次郎は吉蔵の顔を脳裏に浮かべた。ぎょろ目で肉厚の黒い顔。その吉蔵は小伝馬町の牢屋敷に入っている。刑の執行はまだ行われていない。

(吉蔵が手掛かりになる何かを知っているかもしれぬ)

伝次郎は吉蔵に会って話を聞こうと考えた。

「近所で清吉を可愛がっていた者とか、清吉とよく話をしていた者のことはどうであろうか？」

伝次郎は問いを重ねて、茂兵衛らを眺めた。

「それは大人と言うことでしょうか？」

茂兵衛だ。

「さようだ」

「それはどうだったでしょうか。気軽に声をかける人はいたはずですけど、とくに親しくしていた人は近所にはいないような……」

おくらが自信なさそうな顔で、首をかしげながら言った。

「これは大事なことだ。その辺のことを調べてくれぬか」

茂兵衛たちは神妙な顔でわかりましたと答えた。

「それで沢村様は……」

茂兵衛が身を乗り出し、すがるような目を向けてくる。

「牢屋敷にいる吉蔵に会って話を聞く」

第五章　浜磯屋

一

　伝次郎は与茂七を牢屋敷表に待たせ、表門脇の門番所で番人に用件を取り次がせたあとで、牢屋敷玄関まで行き、牢屋同心にもう一度用件を伝えた。

　この同心は牢屋奉行、通称囚獄《しゅうごく》・石出帯刀《いしでたてわき》の支配下にあり、町奉行所の同心ではない。役目は牢内の取締り、事務や監督などである。

「承知いたしました。では、改《あらため》番所にて面会を」

　牢屋同心はそう言って腰をあげると、鍵役《かぎやく》同心に吉蔵を改番所に連れてくるよう指図し、伝次郎の案内に立った。

改番所は屋敷内にある門を入ったところに置かれている。正しくは牢庭改番所であるが、もっぱら略して呼ばれている。俗に〝獄門を入ると、目の前に囚人たちが収監《しゅうかん》されている牢屋があらわれる。〟と呼ばれるからか、建物全体にくすんだ雰囲気があり、その建物を目のあたりにするだけで、気持ちが沈みがちになる。

改番所は瓦葺《ぶ》き平屋の小さな建物で、土間を入ったところに三畳敷きの座敷があるだけだ。未決囚人への刑の申しわたしをする場所なので、俗に〝閻魔《えんま》堂〟と呼ばれている。

伝次郎は改番所前の床几に座って吉蔵を待った。牢屋敷の上の空で舞っている鳶《とび》が、ぴーぃひゅるるー、という声を降らしていた。

待つほどもなく世話役同心と二人の張番（牢屋下男《しもおとこ》）に連れられて吉蔵があらわれた。ややうつむき加減で蹌踉《そうろう》とした足取りだ。

「沢村様、どうぞ座敷のほうで……」

世話役同心が気を遣って、番所内の座敷を促し、吉蔵に「行くのだ」と言って、肩を小突いた。

伝次郎が座敷にあがると、遅れて吉蔵が前に座った。じろっと伝次郎を見て、膝許に視線を落とす。

吉蔵は牢に入れられて一月もたっていないのに憔悴《しょうすい》していた。顔色も悪く、痩せたようだ。牢内のお仕着せではなく、棒縞木綿《ぼうじまもめん》の小袖は捕縛されたときの着物だった。この辺はわりと自由である。

「しばらくだな」

「…………」

吉蔵はうつむいたままだ。

「牢屋暮らしはどうだと聞いても詮無いことか……。じつは、折り入って聞きたいことがあってまいった。磯松の倅・清吉のことだ」

下を向いていた吉蔵の顔があがった。ぎょろ目で肉厚だった顔がこけている。

「清吉がどうしました？」

「神隠しにあって行方がわからんのだ。聞いたところ、おまえは清吉と仲がよかったそうだな」

「清吉が神隠し……」

「いなくなって十一日目だ。金目あてに攫われたと考えていたのだが、身代金をねだってくる者はいない。八方手を尽くして捜しているが、さっぱり行方がわからず難渋している。おまえは磯松にいるとき、清吉とよく話をしていたと聞いた。どんな話をしていた？」

「そんなことをお訊ねになって、清吉の居場所がわかるんですか？」

「捜す手掛かりになるかもしれぬからだ。思い出せることなら何でもいいから教えてくれぬか」

吉蔵は視線を短く彷徨《さまよ》わせてから、伝次郎に目を向けた。

「くだらぬことばかりです。世間で起きたことや店のことです。縁日がどうの、花火がどうのといったことです。清吉は、近所や手習所の友達とどんな遊びをしているかを話すことが多かったです」

「親のことは話さなかったか？」

「……まあ、たまにはそんな話もしました。おとっつぁんは商いばかりで、自分にかまうことが少ないとか、おっかさんは口うるさくていやになるとか……ま、そんな愚痴はよく言ってましたが、どこの家の子もそりゃあ同じでしょう」

「おまえはどう答えたのだ？」

「世間の親というのはそんなもんだと、宥めるのが常でした」

「それでも清吉は親のことを愚痴った？」

「まあ、しょっちゅうじゃありませんが……」

「奉公人の悪口を言ったりはしなかったか？」

伝次郎は吉蔵を凝視する。

「そりゃあなかったですね。女中のおたねが親切なので、清吉はおたねのことを褒めてましたよ。まあ、おたねは世話好きで人のいい女だからでしょうが……」

おたねは磯松の通いの女中で、清吉が家を出るときに短く言葉を交わした女だ。

「清吉は友達の話をしたと言ったが、友達の悪口を言ったり喧嘩をしたりとか、そんなことはどうだ？」

「清吉は同じ年頃の子に比べたら体が大きいせいか、腕っ節が強いんです。喧嘩で負けたことはないと言っていましたっけ。おれに逆らうやつはいないと自慢してましたよ。ですが、近所の子たちとは仲良くしていたようです」

「清吉を恨んでいるような友達はいなかった。さようなことか」

「そのはずです。あっしは始終清吉を見ていたわけじゃないんで……」

たしかにそうであろう。しかし、子供は親も知らないことを陰でやっていることがある。伝次郎はそのことを調べる必要があると感じた。

「磯松を妬《ねた》んだり恨んだりしていた者に心あたりはないか？」

「あの店を面白くないと思っていた者ってことですか？」

伝次郎はうなずいた。

「もうおまえは店の者ではない。言いたいことはなんでも言える身の上だ」

「あっしは殺されるだけですからね。それが今日か明日かと、毎日生きた心地じゃありませんよ」

吉蔵は恨めしそうな目を伝次郎に向ける。

「おれを恨みたいなら恨んでもいい。されど、おまえは自分のやったことを忘れてはならぬ。おまえが殺めた手代の徳助には何の罪もなかったのだ」

吉蔵はため息をついてうなだれた。死罪を言いわたされた者の悲哀だろうが、同情の余地はない。

「どうだ。磯松を恨んでいる者はいなかったか？」

「心あたりがあるとすれば、おかみさんの妹の亭主でしょう。ありゃ食わせ者です。他人の尻馬に乗っててめえだけ得しようと考えている野郎です。似たようなやつが世間にはいますが、あっしはああいうやつを見ると腹が立つんです」

「栄助のことだろうが、殺されたよ」

「えッ」

吉蔵はぎょろ目をみはって驚いた。

「下手人は同じ仲間だった。ま、それはいい。他に磯松を快く思っていなかった者に心あたりはないか?」

吉蔵は首をひねりながらしばらく考えていたが、

「磯松は繁盛店です。そうでない店の者は羨ましがってんじゃないでしょうか。あっしにはその辺のことはわかりませんが……」

と、答えた。

伝次郎は吉蔵との面会をそこで打ち切った。

二

牢屋敷を出ると、すぐに与茂七が駆け寄ってきた。

「なにかわかりましたか？」

伝次郎は首を横に振り、近くの茶屋に目を向け、そこへ行って床几に腰を下ろした。

小女《こおんな》がやってくると茶を注文した。近所には囚人への差入屋《さしいれ》があり、表に立つ小僧や娘が通りすがりの通行人たちに声をかけている。囚人への差し入れは許されている。

「何もわからなかったが、無駄ではなかったはずだ」

茶が運ばれてきてから伝次郎は口を開いた。

「と、いうのは？」

「吉蔵と話しているときに気づいたことがある。子供というのは親も知らぬことを陰でやっていることがままあるはずだ。おれも子供の頃にはそんなことがあった」

「それはおれも同じです。悪いことをやっても親には黙っていましたし、親に秘密にしていたこともあります。そうか、清吉にもそんなことがあっておかしくないですね」

「清吉の親は知らなくても、その秘密を知っている友達がいるかもしれぬ」

「あり得ることです」

与茂七はずるっと、音をさせて茶を飲んだ。

「そのこと調べてくれるか」

「承知しました。で、旦那はどうするんです？」

「おれは磯松の近所で話を聞く」

茶を飲むと、二人はすぐに磯松のある堀留町二丁目に向かった。

「磯松が御番所に訴えれば、もっと人手を増やすことができるんじゃないですか」

与茂七が歩きながら言う。

「人手は増やせても、せいぜい同心ひとりぐらいだ。それに、すぐ取りかかれる同心がいるとは思えぬ。御番所は訴えを聞きはするが、こういった人捜しはあとにまわされるのが常だ。もし、清吉が殺されていて、その死体が見つかったとなれば、話は変わってくるが……」

「身代金をねだられていたら……」

与茂七が歩きながら顔を向けてくる。

「そういうことがあれば、探索の人数を割くだろう。されどいま、そんなことはない」

「じゃあ訴えても御番所は動かないってことですか……」

「おそらく」

与茂七は「ふう」と、ため息をつき、

「よっぽどのことがなければ、動かないってことですか」

と、言葉を足した。

「理不尽なことではあるが、それが御番所の内実だ」

磯松の近くまで来ると、伝次郎は与茂七と別れて近所の店に聞き込みをかけていった。

伝次郎は茂兵衛夫婦が世間体《せけんてい》を気にしていることを考慮し、清吉のことを直接聞かずに、それとなくその店の者が磯松に対し、どんな考えを持っているか、どう評価していったかを聞いていった。

もちろん、やり取りのなかで清吉のことを聞きもしたが、手掛かりになることは聞けずじまいだった。概して磯松の評判はよく、主・茂兵衛の商売人ぶりにも感心する者が多い。

こちらの店あちらの店と訪ねるうちに、

「磯松で何かあったんでございますか？」

と、興味津々《しんしん》の顔で聞いてくる者がいれば、

「磯松にまた凶事があったんでしょうか？」

と、聞く者もいた。

伝次郎はその度に、うまくかわす返事をしなければならなかった。手放しで茂兵衛を褒め称《たた》えたのは、大松屋《だいまつ》という雪駄《せった》問屋の主だった。

「商いっていうのは運とかツキがなければ、なかなか大きくはならないのですが、その運とツキを自分のものにするのは、その店の主の心がけ次第です。その点、茂兵衛さんは商人の鑑《かがみ》のような人です。小さな店からあんな繁盛店にされた。いまや山形屋と肩を並べる海苔問屋は磯松をおいて他にありません。それに奉公人たち

の躾《しつけ》がよい。成功する店としない店の違いはその辺なんですよ」

「そう言うそなたも成功している口ではないか」

「いやいや、わたしは親が苦労して作った店を引き継いだだけです。茂兵衛さんのような苦労人ではありませんが、この年になるといろいろと感心させられますし、教えられることも少なくありません。ご立派な人です」

それに似た話をいくつか聞いたが、清吉捜しの手掛かりとなることは、結局聞けずじまいであった。

その夜、川口町の自宅に与茂七が帰ってきたのは、伝次郎が着替えをして、台所の残り物を探し、晩酌をはじめようとしたときだった。

「遅かったな」

伝次郎が言葉をかけると、

「清吉と仲のよかった子たちに会うのに手こずりまして……」

と、いささか草臥《くたび》れた顔をした。

「着替えて来い。話はそれから聞こう」

「へえ、旦那はどうでした？」

「それもあとで話す」

与茂七は自分の寝間に行ってすぐに戻ってきた。伝次郎がぐい呑みを差し出すと、嬉しそうに頰をゆるめ、

「いただきます」

と、伝次郎の酌を受けた。

「清吉の行方はまったくわからぬ。それがおれの答えだ。磯松の近所であれこれ話を聞いたが、磯松の茂兵衛の評判はよい。あの店に恨みを抱いているような者は、いまのところいないと言っていい」

「女房のおくらはどうなんです？」

与茂七が酒に口をつけてから聞く。

「悪くはない。おくらを知っている者は、孝行娘だと言っている。その点妹のおようを気の毒がる。それも栄助という亭主を持ったからだ。栄助は幾人かにうまい話を持ち込んでいる。それもさほど儲かっていない店ばかりだ。だが、話に乗った者はおらぬ。栄助を胡散臭いと思ったり、実《じつ》のある男だと思えなかったというのが大方の考えだ」

「軽薄な男にしか見えなかったということですか……」

「おそらくそうだろう。しかし、困った」

伝次郎は手酌をした。

表からすだく虫たちの声が聞こえてくる。

「清吉のことを聞きまわってみましたが、清吉は人気者だというのがわかりました。清吉を恨んだり嫌ったりする子供はいません。清吉を慕ったり、頼ったりする子ばかりです。自分の友達が悪たれにいじめられているのを知ると、飛んでいって助けたり、相手をやり込めたりしているそうです。それで、清吉に負かされた子を捜してみましたが、とても清吉を攫えるような子ではないし、恨みを引きずってもいないようです」

伝次郎は「ふむ」とうなって、清吉の顔を思い出した。あどけない顔をしているが、同じ年頃の子に比べれば体は大きなほうだ。利かん気の強い目をしていながらも、親の躾がよいのか従順で行儀もよい。

徳助殺しを調べているときに、あれこれ話をしたが、この子はいい子だ、磯松の跡取りに相応《ふさわ》しい子だと思った。それだけに、茂兵衛とおくらの心配のほどはよくわかる。何とかして捜し出したいが、困ったことに捜す手掛かりがない。

「旦那、飯は食ったんですか?」

与茂七がぐい呑みを置いて見てきた。腹を空かした犬のように見えた。

「まだだ。なんの用意もないから、そろそろ千草が戻ってくるだろう」

千草は店に出かけるとき、伝次郎と与茂七のために夕餉の下拵えをしていくのが常だ。その支度がないときは帰りが早い。

「それじゃ、もう一杯」

与茂七が徳利をつかんだときに、玄関の戸ががらりと開き、千草が帰ってきた。

「もうお帰りでしたか。今日はやっぱり暇なので早く店を閉めたんです。それより、気になることを思い出しました」

千草は居間の前にやってくるなりそんなことを言った。

「気になることとは?」

「ずっと、清吉さんのことを考えていたんですけれど、おくらさんと話をしたときのことを思いだして、ひょっとしてと思ったんです」

千草はいつになく真剣な顔つきで、居間にあがってきた。

三

「とりあえず、これ食べてください」

居間にあがった千草は、店で出せなかった料理を伝次郎と与茂七の前に置いた。秋刀魚《さんま》と大根の煮物。

「それで清吉さんのこと何かわかったんでしょうか？」

伝次郎は首を振って何もわからずじまいだと答え、

「おくらとどんな話をしたのだ？　何か思い出したと言ったが……」

「わたしの勝手な思いかもしれませんが、磯松が店を大きくできたのは運がよかったからだとおっしゃったんです。それは茂兵衛さんが長年奉公されていた浜磯屋に不幸があり、不幸というのは火事ですけれど、そのあとで浜磯屋の主が亡くなり、跡を継いだ長男は行状が悪く左前になってしまった。店を立て直したのは、与兵衛という次男です。浜磯屋と言えば、山形屋と肩を並べる海苔問屋でした。大名家の御用達にもなっていました。ところが不幸が重なり、店は小さくなり、贔屓の客も離れ、お大名の屋敷からも声がかからなくなった」

「ふむ」

伝次郎は大根の煮物をつついた。与茂七は秋刀魚の身を箸でつまみ、口に入れて千草のつぎの言葉を待つ。

「おくらさんは、こうおっしゃったんです。浜磯屋の上得意のほとんどが、いまはうちに流れていると……。そのとき、わたしは聞き流しましたが、今日になって考えると、どうにも気になったのです」

「おかみさんは、浜磯屋が清吉を攫ったとお考えで……」

与茂七だった。

「思い過ごしかもしれないけれど」

「清吉を攫っても浜磯屋に得することは何もないでしょう。倅を預かったから店の客を返せというのも、何だかおかしいでしょう」

「でもね、浜磯屋からすれば、奉公人だった茂兵衛さんに暖簾分けをしてやり、そのうえ大事な客まで取られたとなると、心穏やかではいられないでしょう」

「だから清吉を拐かしたと言うんですか?」

「いや、あり得るかもしれぬ」

伝次郎は箸を置き、酒を少しだけ飲んでつづけた。

「千草のいまの話、聞き捨てならぬことかもしれぬ。今日、大松屋という雪駄問屋の主と話したときに、あの主は商いは運とツキがないと店は大きくできない、茂兵衛が商売を大きくできたのも運とツキがあったからだろうと言った。もちろん茂兵衛の人柄や商人としての心がけがよいのだろうとな」

「それで浜磯屋が磯松を妬《ねた》んでいるって言うんですか？」

与茂七はそれはどうですかねと、否定する顔で酒を嘗めた。

「いや、そのことは大事な気がする。それに今日、吉蔵に会ったが、いまになってやつの言ったことが気になってきた」

「吉蔵って、磯松で手代さんを殺した男ですか……」

千草は目をまるくして伝次郎を見た。

「そうだ。吉蔵はこう言ったのだ。磯松は繁盛店だから、そうでない店の者は羨ましがっていると」

伝次郎は一度言葉を切り、千草と与茂七を見てつづけた。

「だから磯松の近所の店をまわって、それとなく磯松の評判を聞いたのだ。だが、磯松の繁盛ぶりを羨ましがりこそすれ、妬んでいるような店も人もいなかった。さりながら、そんな人間のひとりや二人いてもおかしくはないはずだ。それが世間のわからぬところではあるが、磯松をもっとも妬み羨ましがっているのは誰だと考えると……」

「やはり浜磯屋だと……」

千草だった。

「浜磯屋は一時は大きな店を構え、多くの奉公人を抱えるという繁盛店だった。ところがいまは左前で細々と商売をやっている。店を継いだ長男は放蕩者《ほうとうもの》で、どこかへ消え、その尻拭いではなかろうが、与兵衛という次男が店を切り盛りしている」

「それじゃ与兵衛が清吉を攫ったと、旦那はそうおっしゃりたいんで……」

与茂七は真剣な目を伝次郎に向ける。

「そうだと決めつけるわけではないが……」

「清吉を攫ったら、浜磯屋が得することがあるんですかね」

「与茂七、ひょっとすると損得で考えることではないかもしれないわ」

千草だった。

「では、目あては何なんです？」

「それは……」

千草は首をひねった。

「いやがらせかもしれぬ」

伝次郎がつぶやくように言うと、千草と与茂七が同時に顔を向けてきた。

「浜磯屋にとって、磯松は決して大きくなる店ではなかった。ところが浜磯屋に災いがあり、そのことで茂兵衛は店を大きくすることができた。浜磯屋は暖簾分けした店に越された恰好だ。決して面白くないだろう。だからといって大っぴらに磯松の商売の邪魔はできぬ。しかしながら、茂兵衛が怖れているように、同じ店で凶事が二度もつづけば磯松から客が逃げるかもしれぬ。そして、逃げた客はまた浜磯屋に戻るかもしれぬ」

「すると、清吉を拐かしたのは浜磯屋ってことですか……？」

与茂七はそう言ったあとで、腕を組んで首をかしげた。

「こうなったら調べられるだけ調べる」

伝次郎はぐい呑みの酒を一息でほした。

四

翌朝、伝次郎は浜磯屋に行く前に、磯松に立ち寄り、主の茂兵衛に会った。いつものように帳場裏の小座敷でのやりとりとなった。

「浜磯屋さんですか……」

伝次郎が浜磯屋との付き合いを訊ねると、茂兵衛は意外そうな顔をしてつづけた。

「付き合いはありますが、わたしが世話になった先代の旦那さんが亡くなってからは疎遠になっています。それでも、わたしにとっては本家の店ですから年に何度かご機嫌伺いはしています」

「先方から来るようなことは？」

「たまにあります」

「それは与兵衛という、いまの主だな。先代の次男」

「さようです」

「長男はどうだ？　たしか長兵衛《ちょうべえ》という名だったはずだ」

「まったくありません。いまはどこで何をされているのかもわからない始末で、与兵衛さんもまったく知らないと、あきれていらっしゃいます」

「与兵衛とそなたはうまくいっているのだな」

「うまくというか、まあ世間並みというか、当たりさわりのない付き合いです」

「与兵衛がこの店を妬んでいるようなことは……」

茂兵衛はハッと顔をこわばらせ、

「まさか与兵衛さんが清吉をとお考えで……」

と、低めた声をかすれさせた。

「あらゆることを考えなければならぬ。与兵衛は浜磯屋を立て直したが、昔のように大きな商売はできていない。そうだな」

「まあ、そうです」

「ところがこの店は浜磯屋を凌《しの》ぐ大店になった。次男の与兵衛が羨んでいると考えても不思議はなかろう。そなたは浜磯屋の奉公人だったのだ。そして、浜磯屋の元客もこの店が取り込んでいる恰好ではないか」

「そうおっしゃっても、わたしは浜磯屋を踏み台にしたわけでもありませんし、力ずくで客を取ったわけでもありません。羨ましがられてもそれは商売ですから、お見えになる客に浜磯屋で買ってくださいとも言えません」

「たしかに」

茂兵衛の言うとおりであろう。

しかし、人というのは常に裏の心を持っている。表面に出さず、内面に意趣《いしゅ》を抱いていることがある。だが、伝次郎はそのことは口にせず、別のことを聞いた。

「清吉がこの店を出て行くとき、最後に言葉を交わしたのはおたねという女中だったな。おたねは清吉がいなくなったのを知っているのだろうか？　それとも伏せているのか？」

「おたねには話しています。信用のおける女中ですし、口の堅い女です」

「では、話を聞かせてくれ」

茂兵衛はすうっと立ちあがると、小座敷を出て行った。伝次郎は見送ってからぬるくなった茶に口をつけ、清吉が失踪した原因を考えた。

これまで伝次郎は、清吉が見てはいけないものを見た、あるいは聞いてはいけないことを聞き、それを知った相手が清吉を攫ったのではないかと考えていた。

いまもその考えは否定できないが、攫った者の目的がわからない。いまのところ金目あてではないと考えるべきなのだが……。

思考はいつもそのあたりで行き詰まり、堂々めぐりを繰り返すだけだ。

これまでの聞き調べのかぎり、清吉が自主的に家出をしたというのはあり得ない。

そんなことを考えていると、茂兵衛がおたねを連れてやって来た。

徳助殺しの調べをした折におたねには何度か会っており、話もしている。おたねは小座敷に入ってくるなり、硬い表情で伝次郎に挨拶をした。四十過ぎの大年増《おおどしま》で痩せた女だ。

「清吉がこの店を出て行くときのことだ。最後におまえが声をかけたそうだな」

伝次郎は前置きなしで訊ねた。

「はい」

「なんと声をかけたのだ？」

「その、どちらへお出かけですか、と聞いただけです。お坊ちゃんはすぐそこだよとおっしゃって、そのまま裏の勝手口から出て行かれました」

「変わった様子はなかったか?」

「なかったと思います。いつもどおりの様子だったはずです」

「誰かに呼び出されたようなこともなかった?」

「それはわかりませんが、店を出て行かれる前に訪ねてきた人は誰もいませんので……」

「その朝か、その前の日に清吉が誰かと何かを約束していたようなことはないだろうか?」

おたねは「さあ」と、首をかしげるだけだった。

「そうか。わかった。もうよいぞ」

伝次郎がそう言うと、おたねはぺこりとお辞儀をして小座敷を出て行った。

「茂兵衛、浜磯屋の与兵衛のことだが、最後に会ったのはいつだ?」

「最後に会ったのは、そうですね、ひと月前でしたか……」

「どこで会った?」

「この店です。品川《しながわ》の業者と会っての帰りに立ち寄られ、短い世間話をされました」

「そのとき、清吉は与兵衛に会っておらぬか？」

「会っていませんが、清吉が大きくなり、いい子になったと褒めておいででした」

「清吉のことを与兵衛は知っているんだな」

「付き合いは長いのでよくご存じです。清吉も懐いています」

「品川の業者というのは、海苔を作っている浜の者か？」

「そのはずです」

海苔は主に品川や大森《おおもり》の浜で生産される。それでも〝浅草海苔〟と呼ぶのは、その昔、浅草あたりがまだ海だった頃に海苔作りが行われた名残《なごり》である。

「与兵衛は清吉がいなくなってからは、この店には来ていないのだな？」

「見えていません」

五

「何かわかりましたか？」

磯松から出ると、表の床几で待っていた与茂七がそばに来て聞いた。伝次郎は首を横に振ったまま歩きつづける。

通りに軒を列ねる商家の暖簾が、高く昇った日の光を受けている。前垂れをつけた小僧が店の前で呼び込みをしていれば、天秤棒を担いだ振り売りが呼び声をあげながら歩いている。非番らしい勤番侍が五、六人群がって歩いてもいる。道ばたで糞をしている野良犬もいた。

伝次郎はそんな様子を見るともなしに見ながら、磯松でやり取りしたことをざっと与茂七に話してやった。

「旦那はあくまでも与兵衛を疑っているんですね」

話を聞いた与茂七が言う。

「疑う、疑わぬはこれからのことだ」

「浜磯屋を訪ねて直接に与兵衛から話を聞くんで……？」

伝次郎は与茂七に顔を向けた。

「どうしたらよいものか、それを考えているところだ」

「もし、旦那が与兵衛を疑っているのなら、様子を見たほうがいいような気がしますけどね」

与茂七は思慮《しりょ》深いほうではない。思ったことをそのまま口にする男だが、かえってそのほうが正しいことがある。

「そうだな。様子を見て、探りを入れるだけにするか」

伝次郎の方針は与茂七の言葉で固まった。

浅草諏訪町に店を構える浜磯屋は、間口二間（約三・六メートル）の店だった。磯松に比べるとずいぶん見劣りがする。

しかし、以前はいまの磯松に引けを取らぬ大きな店だったはずだ。店の構えに比べて不釣り合いな屋根看板を掲げているが、それは往時の浜磯屋の名残《なごり》であろう。屋根看板は風雨にさらされてくすんでいるが、「浜磯屋」という金文字が日の光に輝いている。

伝次郎は諏訪町の自身番を訪ね、浜磯屋のことをあらかた聞いた。奉公人は女中を入れて五人。そのうちのひとりは、先代の作右衛門が使っていた番頭だという。

番頭の名前は六兵衛《ろくべえ》で、年は六十ぐらいらしい。また与兵衛には女房子供があり、店の二階と奥が住まいになっているのがわかった。

聞くかぎり浜磯屋の評判はさほど悪くない。主の与兵衛も若いわりにはしっかり店を守っているという。

浜磯屋の前は蔵前《くらまえ》からつづく日光《にっこう》道中で、伝次郎と与茂七は通りを隔てた茶屋でしばらく店を眺めて観察した。

店の出入りはそう多くない。ときどき小僧が店の前に立って通りを眺め、また店に戻った。暖簾越しに人影が見えるが、主の与兵衛らしき姿はなかった。

「与茂七、裏を見てこい」

「へい」

伝次郎に指図された与茂七が床几から立ちあがり、通りを横切って浜磯屋の脇にある路地に入って姿を消した。

伝次郎はときどき表に出てくる小僧に目をつけた。人のよさそうな若い奉公人だ。おそらく十五、六だろう。

(あの小僧に話を聞けぬかな)

そう思っているうちに、小僧はまた店のなかに戻った。

与茂七が戻ってきたのは、それからすぐだった。

「旦那、店の裏は長屋です。勝手口があるので、女房や子供はそこから出入りするんでしょう。女中が台所仕事をしていましたが、話ができそうです」

「まさか、声をかけたのではなかろうな」

「姿を見ただけです」

伝次郎はそのまま黙り込んで浜磯屋に目を注ぐ。無駄な見張りにはしたくない。浜磯屋に疑う余地があるかないかを、早めに判断しなければならない。

伝次郎はその日、町奉行所の与力だと一目でわかる羽織はつけていない。楽な着流し姿だ。ひやかし客と思わせて店に入ることができる。

店を訪ねて与兵衛と店の様子を見てみようかという、かすかな衝動に駆られたそのとき、店からひとりの男が出てきた。手に巾着《きんちゃく》を提げ、鮫小紋《さめこもん》の小袖に鶯《うぐいす》色の羽織姿だ。

「教えてくれぬか」

伝次郎が茶のお代わりを注ぎに来た店の小女に、声をかけたのはとっさのことだった。

「へえ」

「いま、向こうの海苔屋から出て行ったのは主かね？」

「そうです。与兵衛の旦那です」

小女は一度、与兵衛の後ろ姿を見てから答え、お代わりはどうですかと、急須を掲げた。頼むと返事をすると、小女は茶をつぎ足してから店の奥に消えた。

「与茂七、与兵衛を尾けろ」

伝次郎は遠ざかる与兵衛の後ろ姿を見ながら指図した。与兵衛は両国のほうに歩き去っている。

「旦那はどうするんで？」

「おれはしばらくここにいる。もし、おれがいなかったら、九つ（正午）に浅草御門そばの茶屋に来てくれ」

伝次郎は一度空をあおぎ見て答えた。

与茂七が歩き去ると、伝次郎は再び浜磯屋に目を向けた。

客の出入りはあるが、頻繁《ひんぱん》ではない。近所の商家の者や町屋のおかみ、そして二人の侍の出入りがあった。侍は浪人にも暇な御家人《ごけにん》にも見えた。

それから小半刻ほどたったとき、伝次郎が目をつけた小僧が風呂敷包みを抱くようにして店を出てきた。使いに出かけるようだ。

伝次郎は床几から立ちあがると、小僧のあとを尾けた。町の西側にある紅屋《べにや》横丁を西に向かって歩いて行く。伝次郎は足を速めて小僧に追いついた。

「しばらく、そのほうは浜磯屋の者だな」

ふいの声に驚いたように小僧が立ち止まって振り返った。伝次郎を見て少し顔をこわばらせ、警戒する目で見てくる。

「さようですが……」

「名は何という？　わたしは以前浜磯屋をよく贔屓にしていた者で、沢村と申す。怪しい者ではない」

伝次郎は口の端にやわらかな笑みをたたえて近づいた。

「定吉《さだきち》と言います」

そう答えた定吉は、人なつこい顔をしている。お仕着せに前垂れをつけたままだ。

「お遣いか？」

「はい。金蔵寺《きんぞうじ》に届けに行くところです」

金蔵寺はその通りをまっすぐ行ったところにある。

「ご苦労だね。どうだ、与兵衛殿は元気か？　さっき店をのぞいたら姿が見えなかった。

「いまお出かけなんです」

「そうであったか。せっかくだから顔を拝もうと思っていたが、それは残念だ。それにしてもあの大きな店が、不幸な目にあったばかりに、ずいぶんこぢんまりした店になってしまったな」

「昔の店のことはよく知りませんが、旦那様の親父さんの頃はずいぶん大きかったと聞いています」

定吉が歩き出したので、伝次郎は横に並んだ。

「磯松は知っているかね」

「存じています。磯松の旦那さんは、昔は浜磯屋に奉公されていたと聞いています」

「らしいな。いまでも付き合いはあるのかね？」

「旦那さんはときどき、磯松に遊びに行ってらっしゃるようですが、よくはわかりません」

「磯松には清吉という跡取りがいるが、知っているかね？」

「さあ、わたしは知りませんが……」

言葉を切った定吉は、いったい何の用だという顔を向けてくる。

「与兵衛は商売熱心のようだが、夜遊びはどうしているんだろう？　長兵衛という兄貴はずいぶん放蕩者《ほうとうもの》だったが……」

「旦那さんはあまり夜遊びはされません。ときどき、向島《むこうじま》の寮（別荘）に行かれるぐらいです」

これは知らないことだった。浜磯屋は向島に寮を持っているのだ。店が左前になっても寮は手放さなかったのだろう。

「その寮はどこにあるんだね？」

「三囲《みめぐり》稲荷の近くらしいですけれど、わたしはまだ行ったことがありません。あ、お侍様、そこのお寺に行きますので失礼させていただきます」

もう金蔵寺の近くだった。ここで引き止めては怪しまれそうだから、伝次郎はその場で別れた。

来た道を引き返した伝次郎は、今度は別の茶屋の床几に座って浜磯屋を見張ったが、特段変わった様子はなかった。そのうち九つ近くになったので、与茂七に会うために浅草御門そばの茶屋に足を向けた。

御門に最も近い茶屋にはすでに与茂七の姿があり、伝次郎が近づくと、

「旦那、与兵衛が会ったのは栄助の女房・おようでした」

と、言った。

「なんだと」

六

伝次郎は意外なことに驚きを隠しきれず、

「なぜ、おようと与兵衛が……」

と、つぶやき足した。

「それはおれにもわかりません。与兵衛は日本橋の白木屋《しろき》に行ったり、他の呉服屋に立ち寄ったりして、最後には小間物屋《こまもの》で櫛《くし》と笄《こうがい》を買ったんです。そのときは、女房か娘にでもやるんだろうと思いました。で、そのまま店に帰るのだろうと思ったんですが、今度は小網町の洒落《しゃれ》た料理屋に行ったんです。誰かと待ち合わせだな

と様子を見ていますと、そこへおようがあらわれたんで、へえ、どうなってんだと思っていたら、しばらくして店を出て、今度は違うところへ歩いて行きます。これが遠目から見ても仲がよさそうなんです。それで行った先が住吉町《すみよしちょう》の出合い茶屋です」

「どういうことだ……」

伝次郎は思いもよらぬことに、しばらく遠くの空を眺めた。

「そういうことなんですよ」

「それで、二人はまだ出合い茶屋にいるのか？」

「そのはずです。いつ出てくるかわからないし、旦那と約束の刻限まであまり間がなかったんで……」

与茂七が言葉を切って茶に口をつけたとき、九つを知らせる鐘音が空をわたっていった。

「おようと与兵衛はいつからそんな仲だったのだ。二人は互いに不義をはたらいていることになるが……」

「旦那、あの二人と清吉がいなくなったことに関わりがあると考えているんですか？」

「ないとは言い切れぬだろう」

「でも、おようの家に清吉はいませんよ。もし、おようが清吉を匿っていたらすぐにわかるじゃないですか。おようはおくらの妹だし……」

「与兵衛なら匿うことができる」

伝次郎は宙の一点を凝視した。

「あの店では無理でしょう」

「店ではない。浜磯屋は向島に寮を持っている。そこなら清吉を匿うことができる。それに与兵衛はときどき、その寮に出かけるそうだ。様子を見るためかもしれぬ」

「まさか、殺してはいないでしょうね」

「………」

伝次郎はすぐには返事をしなかった。少し頭が混乱したので、考えを整理しなければならなかった。

もし、与兵衛とおようが密通しているのを清吉が知ったとするなら、知られた二人はどうするだろうか？　まさか清吉が二人を脅すというのは考えにくい。

清吉はおようの甥《おい》である。それなりの交流はあっただろうが、清吉の失踪におようが関わっているとすれば、どういうことだ。

与兵衛からすれば、清吉はいまや商売敵《がたき》となった店の跡取り。だからといって清吉を拐かして何の得がある？

「旦那、どうするんです？　浜磯屋の寮に行きますか？」

伝次郎の思考を与茂七が中断した。

「うむ」

伝次郎は高い空を見た。日の暮れまでにはたっぷり時間がある。

「行ってみよう」

言うが早いか伝次郎は歩き出していた。御蔵前《おくらまえ》の通りを引き返す恰好だ。

「もし、与兵衛が清吉を拐かしたとするなら、それは何のためだ？」

伝次郎は自問するようにつぶやく。

「浜磯屋は磯松ほどの儲けはないでしょうから、金でしょう」

与茂七は例によって深く考えもせずに言う。

「だが、磯松は金をねだられてはおらぬ」

「金じゃなきゃ……与兵衛が男色家ってことですか。でも、おようと密通していますからね。まさか両刀……」

与茂七は首をひねる。

「清吉とおようはどうだったのだろう？　清吉がおようを慕い、おようは清吉を可愛がっていたならば……」

「そうであれば、おようが清吉を呼びだすのはわけないですね」

伝次郎はおようと清吉の仲を調べるべきだと考えた。

「しかし、おようが清吉を拐かしても得することはないでしょう。甥っ子を攫って、姉の亭主に金をねだればすぐにわかります」

与茂七はぶつぶつと独り言のように言葉を漏らす。

「その裏に与兵衛がいるとすれば……」

伝次郎は自分の考えを否定するように首を振った。大商家の倅である清吉を拐かすとすれば、その目的は金以外に考えられない。しかし、いまのところその兆候はない。

また与兵衛が金目あてに清吉を拐かしたとしても、自分ひとりではできないはずだ。清吉は十三歳だが、体は大きいほうだ。

与兵衛は華奢《きゃしゃ》な体つきだった。もし清吉に抗《あらが》われたら押さえきれないだろう。うまく誘い出して、人目につかないところに連れて行くのも容易ではないはずだ。

伝次郎と与茂七はあれこれ考えながら通りを歩いた。浜磯屋の前を通るときに、暖簾越しに店をのぞいたが、与兵衛の姿は見えなかった。

「旦那、浜磯屋の寮の場所はわかってんですか？」

「三囲稲荷のそばだと聞いた。行けば見当はつくだろうし、村役に聞けばわかるだろう」

二人は浅草材木町の先を右に折れ吾妻橋《あずま》をわたり、向島に足を進めた。風が少し出てきて、雲の流れが早くなっていた。

水戸《みと》家の蔵屋敷を過ぎると、そこは小梅《こうめ》村で墨堤《ぼくてい》になる。道の右側は田畑の広がる百姓地で、ところどころに百姓家《ひゃくしょうや》があり裕福な商家や、大身《たいしん》旗本などの寮が点在している。

三囲稲荷のそばにもそんな寮があった。数は多くないので、伝次郎と与茂七は出会った村の者に浜磯屋の寮を訊ねたが、「はて、どこでしょう？」と、心許ない返事をする。

つぎに野良仕事をしている百姓に声をかけると、知っていると、あっさり教えてくれた。

三囲稲荷の東に竹林があり、そのすぐそばだった。さほど大きな家ではなかった。敷地は二百坪ほどだろうか。屋敷には建仁寺垣《けんにんじがき》をめぐらしてあり、門から戸口まで飛び石が敷かれ、戸口横に簀戸《すど》門があり縁側に面した庭に入るようになっていた。

戸口も雨戸も閉め切られているので人はいないようだ。伝次郎は戸口まで進んで屋内に耳を澄ました。人の声もその気配もない。庭に入って雨戸に耳をつけたが同じだ。与茂七は節穴に目をつけてのぞき見るが、

「誰もいないようですね」

と、伝次郎に顔を向ける。裏にまわってみたが同じだった。

「ここにいないとなれば、与兵衛の仕業じゃないってことになりますかね」

表に戻りながら与茂七がつぶやいたとき、伝次郎はハッとなって立ち止まった。戸口のそばに二人の男がいたのだ。相手も驚いたような顔をした。

ひとりは商家の旦那風情で、もうひとりは使用人に見えた。

「どなた様で……」

旦那風情が聞いてきた。

「怪しい者ではない。ここは浜磯屋の寮のはずだが、もしやそのほうは浜磯屋の者か？」

伝次郎は浜磯屋の番頭ではないかと思った。

「いいえ、ここは手前の寮でございます。二月ほど前に浜磯屋さんから譲り受けたばかりでございますが、何かご用でも……」

「二月前に……」

「はい。浜磯屋さんに相談を受けまして、手前が譲り受けたんでございます。手前は蔵前の札差《ふださし》で武州《ぶしゅう》屋数右衛門《かずえもん》と申しますが……」

「南御番所の沢村と申す。ある調べをしているのだが、そうとは知らずに無礼であった」

「調べとおっしゃいますと……浜磯屋さんが何か……」

武州屋数右衛門は、伝次郎が町方だと知って緊張の面持ちになりながらも、好奇の目を向けてきた。

「浜磯屋に関わりのありそうなことを調べているだけだ。武州屋と申したが、浜磯屋とは親しいのだろうか？」

「料理屋でときどきお目にかかり、世間話をする程度です。よろしければ、お入りになりませんか。お茶ぐらいしかお出しできませんが……」

「せっかくだが、気持ちだけ受け取っておく」

伝次郎は武州屋の誘いを断ってから、いくつかの問いを重ねた。しかし、武州屋と与兵衛は親密な仲ではないようで、これといったことを聞くことはできなかった。

ただ、浜磯屋与兵衛が武州屋に寮の沽券《こけん》を、八十両で譲っているのがわかった。

七

「おように会おう」

武州屋と別れた伝次郎は墨堤に戻って目を光らせ、

「おようから詳しい話を聞く」

と、言葉を重ね、おようを強く問い詰めようと肚《はら》を決めた。

「こんなことなら猪牙《ちょき》でくればよかったですね」

与茂七が土手道に咲いている彼岸花《ひがんばな》をちぎりながら言う。

「まあ、ここまで遠出するとは思わなかったからな。与茂七、急ごう。おようは家に戻っているだろう」

「はい」

二人は黙々と川沿いの道を急いだ。

足を進めながら伝次郎は、おようのことを考えつづけた。

浜磯屋与兵衛といつから親密な仲になっていたのか？　それは亭主の栄助が殺される前だったのか、あとだったのか？　また、与兵衛とどうやって知り合ったのか？　清吉はおように懐《なつ》いていたのだろうか？

疑問はいろいろあるが、おようと浜磯屋与兵衛がただならぬ関係にあるのはたしかだ。

ただ、清吉の失踪が二人に関係しているかどうかは不明のままだ。

そして、清吉が生きているかどうかもわからない。

おようの長屋のある深川佐賀町に着いた頃に、日は西にまわりはじめていた。長屋に入ると、おようの家の戸は開いていた。

「邪魔をする」

伝次郎が声をかけると、台所の流しで洗い物をしていたおようが、驚いたように顔を振り向けた。

「これは沢村様……」

寡婦《かふ》となったおようではあるが、悲しみを引きずっている顔ではなかった。

「いくつか教えてもらいたいことがある」

伝次郎は断りも入れず三和土《たたき》に入り、ついで上がり框《かまち》に腰を下ろした。いま茶を淹《い》れるというおようを制し、

「話は手短にすむ。およう、正直に答えてもらいたい」

と、言葉を足した。

「何でございましょう」

おようは流しの前に立ったままだ。その髪に新しい笄が挿してあった。

「清吉とおまえさんは、仲がよかっただろうか？」

「へえ、悪くはありませんでした。姉さんの店に行ったときはよく遊び相手をした

り、無駄話をしていました」

「清吉はおまえさんに懐いていた」

「姉さんは厳しい躾をするんで、わたしとは気楽に話してくれました」

おようの顔がにわかにこわばった。

「清吉がいなくなる前に磯松に顔を出しているか？」

おようは短く視線を泳がせてから答えた。

「二、三日前に行ったと思います」

「二日前か、三日前か？」

「二日ぐらい前だったと思います。そのあとで亭主があんなことになったので
……」

おようは前垂れを、ぎゅっとにぎり締めた。

「二日前に清吉に会ったのだな。そのとき清吉と何か約束しなかったか？」

おようの目がハッと見開かれ、明らかに表情が変わった。

伝次郎は確信した。おようは何か知っている。

「何も、していませんけど……」

自信のない返事だった。

「では、浜磯屋の主・与兵衛を知っているか？」

伝次郎はおようを凝視する。おようは表情をなくしていた。

「存じてはいますが、よくは……」

「よく知っているだろう。そのはずだ」

伝次郎はおようから目をそらさない。おようの目は戸口に立つ与茂七に動き、伝次郎に戻ったが、すぐに視線を外すように足許に向けられた。

「おまえさんは今日、与兵衛と会い小網町の料理屋に寄り、そのあとで住吉町に行った」

おようの表情が固まった。身を竦《すく》ませ、唇をかすかにふるわせもする。

「ただならぬ間柄だというのはわかっている。およう、清吉について何か知っていることがあるなら正直に話すことだ。清吉はおまえさんの可愛い甥っ子ではないか。姉夫婦をこれ以上困らせることはないだろう」

伝次郎は自分が口にしたことに、内心で驚き、あることに気づいた。

（そうかもしれぬ）

と、胸のうちでつぶやきもした。

「何もしていなくても、知っていて隠しごとをすれば裁きを受けることになる。おまえさんには可愛い倅と娘がいる。そんな二人を悲しませたくはなかろう。清吉について何か知っていることがあるのではないか……」

おようはよろけるように居間の上がり口に両手をついて腰掛けた。視線を宙に彷徨《さまよ》わせ、一度唾を呑み込んで、

「まさか、こんな大事《おおごと》になるとは思わなかったのです」

と、目を潤ませてつぶやいた。伝次郎はつぎの言葉を待った。井戸端のほうから子供たちのはしゃぐ声が聞こえてきた。

「与兵衛の旦那の店で雇ってもらおうと思い、訪ねたのがことのはじまりです。女中は足りているからと断られたのですが、そのあとで料理屋に誘われ、うだつのあがらない亭主のことを話すと、可哀想に、そんな苦労をしているなら雇いたいが、手は足りているので、それは困ったなと思いやってくださり、それならときどきこうやって酒の相手をしてくれないかと言われました。それで、何度かお付き合いするうちに……」

おようは口をつぐんだが、その先は聞かなくてもおおよその見当はつく。

「それでよい仲になったのだな」

およううはうなだれてうなずく。

「与兵衛に頼まれたことがあるのではないか？」

およううはしばらく膝の上に置いて重ねた自分の手を見ていたが、ゆっくり顔をあげて口を開いた。

「今日、与兵衛さんに困ったことになっていると言われたのです。金をねだられていると……」

「与兵衛が金を……」

およううは与兵衛が金をねだられている経緯を話した。

口を挟まず最後までその話に耳を傾けていた伝次郎は、

「与茂七、粂吉を呼んでこい。おれは先に浜磯屋に行っている」

と言って、立ちあがった。

第六章　真先《まさき》稲荷

一

伝次郎が浜磯屋に入ったのは、七つになろうとする頃だった。店には数人の買い物客がいて、手代や小僧がその応対をしていた。

伝次郎は帳場に座っている古番頭に声をかけ、主の与兵衛を呼んでもらった。待つまでもなく与兵衛は帳場の奥から硬い表情であらわれた。

「当主の与兵衛でございます」

与兵衛は両手をついて挨拶をした。

「込み入った話がある」

「何でございましょう？」

「磯松に関わる話だ。そう言えば察しがつくはずだ」

伝次郎が目をそらさずに言うと、与兵衛の白い顔がさらに強《こわ》ばり、

「おあがりください」

そう勧める声はかすかにふるえていた。

帳場奥の部屋に入ると、伝次郎は与兵衛と向かい合って座った。昼間見たときより与兵衛は華奢《きやしや》な体で、芝居の女形《おんながた》になれそうな整った細面《ほそおもて》だ。

「まわりくどいことは言わぬ。おぬしが磯松の女房・おくらの妹とよい仲だというのはわかっておる」

与兵衛はハッと息を呑み目をみはった。

「あらかたの話はおようから聞いたが、清吉の居所を教えてもらいたい」

与兵衛は一瞬時が止まったように、ぽかんと口を開いた。

「おぬしは何者かに金をねだられている。今日の昼間、おぬしはそのことをおように打ちあけた。そうだな」

「は、はい」

与兵衛はまばたきをし、息を呑み、そして、「あ、あのぅ」と言葉を漏らし泣きそうな顔をした。

「清吉は無事なのだな」

「そ、そのはずです」

「清吉はどこにいる？」

「そ、それがわからないんでございます。明日、わたしは金を持って真先稲荷に行かなければなりません。そこで清吉を返してもらう約束になっているんでございます」

「真先稲荷……」

奥浅草の橋場町《はしばちょう》にある神社だ。

「さようです。だからいま清吉がどこにいるのかわからないのです」

「おぬしに金をねだっているのは誰だ？」

「沢野新右衛門《さわのしんえもん》さんと関村染三郎《せきむらそめさぶろう》さんです。こうなったのは何もかもわたしの悪戯《いたずら》心が災いしたので、いったいどうすればよいか困り果てていたのです。沢村様、わたしは清吉をずっと預かっておくつもりはなかったのです。しばらく様子を見たら、返すつもりだったのです。ところが、沢野さんと関村さんが心変わりをして、清吉を盾《たて》にわたしがねだられることになるとは思いもしないことで」

「泣き言はよい。おれが知りたいのは清吉がどこにいるかだ。見当はつかぬか？」

「まったくつかないんでございます。清吉を攫って二日ほどは、亀戸《かめいど》の空き家にいたはずなんですが、いつの間にかその空き家を出て居場所がわからないんです」

「わからないと言うのは、その沢野と関村という男の居場所もわからぬと、さようなことか」

「はい、まったくわかりませんで……」

与兵衛は弱り切った顔でうなだれる。

「清吉にもしものことがあれば、おぬしは拐かしと殺しの罪を被《かぶ》ることになるのだ」

「ひぇー、わ、わたしは、沢野さんと関村さんに頼んだだけです。五日ばかり面倒を見てくれればそれでいいと話したのですが、二人はその約束を破ってわたしを脅しにかかっているんです」

「身から出た錆《さび》だ。だが、いまその二人と清吉がどこにいるのか、おぬしは知らぬということか」

「わからないのです。ほんとうでございます」

伝次郎はため息を漏らさずにはおれなかった。

「明日、金と清吉を引き換えにするらしいが、それはいつだ？」

「八つに真先稲荷の裏です」

伝次郎は宙の一点を凝視して考えた。与兵衛は嘘をついていないだろう。だとすれば、明日の取引まで待つしかない。

「あらためて聞くが、清吉は無事なのだな？」

「そのはずです」

与兵衛は自信なさげに答え、深いため息をついた。

そんな与兵衛を伝次郎は冷めた目で眺めた。

「なぜ、清吉を拐かしたのか、そのわけは大方おようから聞いたが、おぬしが雇った沢野と関村という者は何者だ？」

「わたしのおとっつぁんの代に、贔屓にしてくださっていた井上直次郎様というお殿様がいらっしゃいます。その井上様のお屋敷に雇われていた家士《かし》ですが、どういうわけか暇を出されて浪人に後戻りしているんです。うちの店にたまたま立ち寄られて驚いたのですが……」

「井上直次郎……」

伝次郎はその名をどこかで聞いた気がした。記憶の糸を手繰《たぐ》るうちに「あっ」と、思い出した。磯松の手代・徳助を殺した吉蔵が、以前、奉公していた隠居旗本だ。

「沢野と関村の住まいは知らぬか？」

「まったくどこだか見当もつかないのです。あの人たちは同じ佐倉《さくら》の郷士《ごうし》の出で、井上様から暇を出されたのでいずれ佐倉に戻るとおっしゃっていました。それで清吉を返したら、そのあとでわたしから二十両もらって佐倉に戻るはずだったのです」

佐倉とは下総《しもうさ》の印旛《いんば》沼に近い譜代《ふだい》大名家のある地だ。

「二十両で二人を雇っていたのか？」

「ただというわけにはまいりませんので……」

与兵衛は申しわけないという顔つきでうなだれる。

こうなると、明日の取引まで待つしかない。

「それでいかほどねだられているのだ？」

「約束の二十両と合わせて五十両です」

「その話はいつしたのだ？」

「今朝、二人が訪ねてきまして、そのときに……。しぶられましたが、いまこの店にはそんな余裕がないのでと、拝み倒しました」

「与兵衛、明日の朝、もう一度来る。その間に先方から沙汰があったら教えてくれ。取引をする真先稲荷にはおれも行く。だが、懸念無用だ。相手には決して知られぬようにする」

「そうしていただければ心強うございます」

与兵衛は少し安堵の色を浮かべた。

二

伝次郎が浜磯屋を出たとき、前方の道から粂吉と与茂七が急ぎ足でやって来た。

「清吉のことがわかった」

伝次郎は二人がそばに来るなり言った。

「え、どこです？」

与茂七が目をまるくした。

「どこかはわからぬが、明日、浜磯屋与兵衛が二人の浪人と取引をする。ま、歩きながら話そう」

伝次郎は夕暮れの道を歩きながら、おようと与兵衛から聞いたことを順々に話していった。

おようの話――
およう は真実味のない亭主・栄助にほとほと嫌気が差していた。夫婦契りするときには互いに若く、また栄助も真面目な酒の仲買人だった。栄助はきっと幸せにするとおように誓い、父の忠吉《ちゅうきち》と母のおよしにも安心してくれ、将来の不安は何もないと断言した。
唯一反対したのは、姉のおくらだった。栄助と話をして、
「あんた、栄助さんは誠実そうに見えるけど、食わせ者だよ。言うことと腹のなか

で考えていることはまるきり違う気がする。いっしょになれば苦労するよ」

若かったおよしは、栄助といっしょになるという気になっていたので、姉が何と言おうと聞く耳を持っていなかった。

ひとつ屋根の下で暮らすようになってからも、栄助は真面目にはたらいていた。そのうち花と恵助が生まれ、生計が苦しくなった。

栄助が仕事をやめたのはその頃だった。もっと稼ぎのいい仕事をすると、およようの知らない仲間とつるんで講をやったり、香具師の手伝いをしたりと暮らしはいっこうに落ち着かなかった。そのためにおようは、料理屋の仲居や縄暖簾の女中をしなければならなかった。小柄ながら生まれつき器量よしのおようは客の人気者になり、もてはやされるようになった。

そのことを知って激怒したのは栄助だ。おれの知らないところで金を稼いでいる。やましいことをしているのではないかと疑ってかかった。夫婦の間に罅《ひび》が入ったのはその頃からで、年を追うごとにその溝は深まっていった。

栄助との諍《いさか》いは絶えず、おようは愛想を尽かしはじめた。それでも子供たちの手前、忍従《にんじゅう》しながら夫婦別れだけはしなかった。

さりながら栄助は仕事を転々と変え、ときに胡散臭い男を連れて来て、この人は偉い学者だとか、この人は大身旗本に剣術の手ほどきをしている偉い先生だとか吹《ふい》聴《ちょう》し、今度組んで仕事をすることになった、これからは稼ぎが増えるので、金の心配はいらないと豪語した。

おようもその話を鵜呑みにして頼りにしたが、栄助の稼ぎが増えることはなく、また組んでいた人ともいつしか縁が切れていた。

相も変わらず台所は火の車で、子供にも満足な着物を着せたり、飯を食べさせることもできなかった。おようが稼ぎのことを口にすると、栄助は自分の非を認めず、女房がだらしないからだと逆に罵《ののし》るようになった。

そのことを知った姉のおくらは、子供を奉公に出したら別れてしまえと進言した。おようもそうしたいと思っていたが、ひとりで生きていく自信がなく、夫婦仲はすっかり冷めていたが、ずるずるとそれまでと同じ暮らしをつづけるしかなかった。

栄助はいつものごとく、今度はいい儲け仕事がある、今度は稼げる、近いうちに新しい家を建てるなどと、期待を持たせる話をしたが、いっこうに言葉どおりにはならなかった。

花と恵助が年頃になると、商家奉公させることにした。子供への費《つい》えが減った分暮らしは楽になったが、栄助は以前と変わらず夢のような話をする。

商売をはじめるからと、おようの父親に泣きついて金を借りたが、それもうまくいかなかった。おようはそんな亭主の話には耳を貸さなくなった。だからどんな人と、どんな仕事をしているかも知らなかったし、知る気にもならなかった。

ただ不思議なのは、栄助がどこでどんな稼ぎをしているのかわからないが、ときどき金を持ってくることだった。だからといっておようは安心できなかった。家賃を払えないことも多く、近所の米屋や酒屋や味噌屋にもツケがたまっていた。

そんなときに、父の忠吉が死んだ。長年近江屋の番頭をやっていた忠吉は、それなりの金を蓄えて隠居していたが、その蓄えも栄助が借りて返済せずにいた。

父・忠吉の死に際して、栄助を罵ったのは姉のおくらだった。栄助は父・忠吉が苦労してためた金を借りて、一文たりとも返さず、挙げ句忠吉が死んでも線香もあげず、悔やみのひとつも口にしなかった。

恩義も感じず、義理も果たせないろくでもない男だ。我慢もこれまで、早く別れろとおくらは、おように勧めた。

およう もその気になった。そして、自分なりに仕事を探しはじめた。いろいろとあたっていくうちに、浜磯屋に伺いを立てた。

「それが、浜磯屋の主・与兵衛と付き合うきっかけになったってことですか」

あらましを聞いたところで、与茂七が口を挟んだ。

「人生というのはどこでどうなるかわからぬが、またその人生がどう転ぶかもわからぬ。それが人の一生というものだろう」

伝次郎は西日を受ける町屋の暖簾を見ながら話をつづけた。

浜磯屋与兵衛の話――

与兵衛は放蕩を繰り返す兄の長兵衛に店をまかせておけば、借金が膨らむばかりでいずれ店は潰れると危惧《きぐ》した。そこで、長兵衛と話し合って自分が店を継ぐことにした。

商売気などさらさらない長兵衛は、これさいわいとあっさり与兵衛に店を譲り、そのまま行方《ゆきがた》知れずとなった。

与兵衛はそんな兄へのこだわりはなく、浜磯屋再建に乗り出した。

まずは作右衛門の代に番頭を務めていた六兵衛を雇い入れたのが功を奏し、店は小さいながらも少しずつ上向きになり、いずれは父の代のような店にすると、心を燃え立たせていた。

しかし、父の代に暖簾分けをしてやった磯松が、山形屋と肩を並べる店になっている。昔の贔屓客も取られ、大名家や大身旗本の御用達になって商売も順調だ。

山形屋はともかく磯松に追いつく商売はなかなかできない。

そんなときにおようが、女中でよいから雇ってくれないかと伺いを立てに来た。

与兵衛は人は足りているからと断ったが、おようの器量に惚れてしまった。

女房に後ろめたさを感じつつも、おようの力になろうと相談に乗ると、なんと磯松の主・茂兵衛の女房の妹だと知り、少なからず驚いた。だからといっておようを突き放すことはできない。

何度か相談に乗るうちに、おようのことが忘れられなくなった。それに、おようは栄助という亭主に愛想を尽かしており、すっかり夫婦仲が冷めていると知った。

また、栄助のことで姉のおくらが自分に辛くあたるので、耐えられないとおようは愚痴を漏らした。

そんな話を聞くうちに与兵衛とおようは、男と女の関係になった。与兵衛の気持ちは一段とおように傾き、何とかしてやりたいという気持ちになった。

そんな矢先に磯松で、手代が殺されるという禍事《まがごと》があった。これを知った与兵衛は、

「そんなに姉さんのことが嫌いなら、少し困らせてやろうか」

と、おようをたっぷり悦《よろこ》ばせたあとで、耳許で囁いた。

「どうやって？」

「おまえさんも知ってのとおり、磯松には清吉という倅がいる。いずれは茂兵衛さんの跡取りになる息子だ」

「どうすると言うんです。清吉はいい子だし、わたしにも懐いているのですよ」

「少し行方知れずにしてやるんだよ。なに四、五日神隠しにするだけだ。茂兵衛の旦那も慌てるだろうが、おまえさんの姉さんも慌てふためくだろう。おまえさんに助けを求めるかもしれない。そんな困った顔を見たくはないかい？」

「でも、どうやって？　御番所に訴えられたら咎められますよ」

「いい考えがある。心配はいらないさ」

「与兵衛はどうやって清吉を拐かしたんです？」

伝次郎が話を一旦打ち切ったところで、与茂七が疑問を呈した。

「与兵衛は五日ほどで、清吉を磯松に戻すつもりだった。それに訴えられても与兵衛もおようも咎められない手を考えたのだ。まずは清吉を預かり、無事に返す。そして、清吉を預かるのは誰も知らない男たちで、その男たちは清吉を解き放ったあとは江戸を離れる約束だった」

「ところがそうはならなかったんですね。しかし、どうやって清吉を攫ったんです？」

条吉だった。

町屋に夕暮れの靄が漂っていた。西の空には茜《あかね》色に染まった雲が浮かんでいた。

「おようは清吉がいなくなる二日前に、清吉に会って頼み事があるので、おばさんの言うところに来てほしいと約束させたのだ。そのとき、姉のおくらや茂兵衛や店の者には知られたくないことだから、二人だけの秘密にしてくれと言い含めた。子供はそんな秘密事が好きだし、清吉はおようを疑う子ではなかった」

「それじゃ、おようが清吉を拐かしたんで……」

与茂七が目をみはった。伝次郎は首を横に振って答えた。

「おようは約束の場所には行かなかったのだ。そこにいたのは与兵衛が雇った沢野新右衛門と関村染三郎という浪人だった。この二人は元は隠居旗本・井上直次郎様の屋敷に雇われていた家士だった」

「どこかで聞いた名ですね」

粂吉が気づいた。

「さよう。磯松の手代・徳助を殺した吉蔵が昔世話になっていた殿様だ」

「でも、どうして井上の殿様の家士が浜磯屋の与兵衛と……」

「井上様は昔浜磯屋を贔屓にされていた。その頃沢野と関村は、浜磯屋に出入りしていたのだ。ところが、どういうわけか知らぬが暇を出された。そして、たまたま浜磯屋に顔を出して与兵衛と再会したのだ」

「それで与兵衛はその二人を使って清吉を攫ったんで……」

「そこまでは与兵衛の考えどおりだった。ところが沢村と関村は、与兵衛との約束を破り清吉を別の場所に移し店に帰さなかったばかりか、与兵衛を脅しにかかった。清吉を取り戻したければ、五十両出せとな」

「それが明日というわけですか」

与茂七は伝次郎に顔を向けて、

「でも、与兵衛はそんなことをしても何の得にもならないでしょうに。おようは姉の困った顔を見ればよいだけだったのかもしれませんが……」

と、納得いかないように疑問を口にした。

「磯松では手代殺しが起きている。加えて磯松の倅が拐かされたという噂が立てば、店の信用に障る。禍事が二度つづけば、あの店は祟《たた》られているという噂が立つかもしれぬ。そうなれば客が逃げて、自分の店に流れてくると考えたのだ」

「それにしても、およう は慌てたんではないでしょうか。清吉を拐かすという与兵衛の企みにひと役買ったけれど、その矢先に亭主が殺されたんですからね。おまけに清吉は与兵衛が約束したようには戻ってこなくなった」

条吉は腕を組み「あきれたことだ」と、首をかしげた。

「いずれにしろ、明日清吉を取り返す。おまえたちには付き合ってもらう」

伝次郎はそう言って通りの先に目を向けた。少し先に磯松のあるところまで来ていた。

「磯松に寄って行かれるので……」

粂吉が聞いてきた。伝次郎はそうしようと考えていたが、

「今日わかったことを話して安心させるのはよいが、もしもということがある。磯松にことの顚末《てんまつ》を話すのは、清吉の無事をたしかめ、取り戻してからにしよう」

と言って、そのまま磯松の前を素通りした。

三

「それじゃ、清吉さんは生きているのですね」

その夜、伝次郎と与茂七から清吉のことを聞いた千草は目を輝かせた。

「生きていなければならぬ。そうでなければ、浜磯屋与兵衛との取引にはならぬ」

「磯松の茂兵衛さんとおくらさんにはそのこと伝えてあるんですか？」

「知らせておらぬ。もし、清吉が生きていなければ、がっかりさせることになる」

「でもいまあなたは、清吉さんは生きているようなことをおっしゃったではありませんか」

「たしかなことはわからぬが、そのはずだと言ったのだ」

「それじゃ生きていないかもしれないと……」

だんだん声を低くした千草は、祈るように胸の前で手を合わせた。

「千草、明日はっきりする」

伝次郎はぐい呑みの酒に口をつけた。

「おかみさん、いま騒いでもどうにもならないことですから……」

与茂七は千草は窘《たしな》める。

「それはそうでしょうけど、はあ、無事であってほしいわ」

「しかし、与兵衛が余計なことを考えたばかりにややこしいことになっちまって……おまけに、てめえの首を絞めるようなことになっている。清吉が戻ってきても、与兵衛のせいで磯松の夫婦は大変な目にあってんですからね」

「そうよ。おようさんもおようさんだけど、悪いのは浜磯屋の与兵衛ですからね。女房子供があるのに、よりによっておようさんと通じているなんて……。あ、こうなると、おようさんとおくらさんの仲はますます悪くなりますね。姉妹なのに……」

「そりゃあ仕方ないでしょう。おれがもし、おくらさんだったら、絶対に許さないですよ。おかみさんだってそうでしょう」

「いくら姉妹とはいえ、ひどいことをしているのですからね。おくらさんの気持ちを考えれば、当然許せないでしょう」

「こうなると咎めを受けるのは、与兵衛とおようと二人の浪人ということになるのか。旦那、そうなりますね」

与茂七が伝次郎に顔を向けた。

「うむ、そういうことになるな」

伝次郎はぐい呑みを持ったまま宙の一点を凝視し、

「とにかく明日は清吉を無事に取り返す。まずはそれが第一だ」

と、つぶやき足した。

翌朝、伝次郎は猪牙舟の舫いをほどき、やって来た粂吉と与茂七を乗せて、亀島橋の袂を離れた。

霊岸橋《れいがんばし》をくぐり、日本橋川を突っ切り、そのまま大川に出て猪牙舟を遡上《そじょう》させる。櫓《ろ》を漕ぐたびに、ギッシギッシと櫓臍《ろべそ》が軋《きし》む。舳《みよし》は波をかき分けゆっくりと、彼岸花やまだ青い薄の生えた大川端のそばを進む。

すでに日は昇っているが、川縁の草花には夜露が残っており、きらきらと光っている。川面も日の光にまぶしい。筏舟《いかだぶね》が川のなかほどを滑るように下っていき、俵物《たわらもの》を満載したひらた舟が竪川からあらわれた。

川を上るどの舟も、伝次郎の猪牙舟と同じく喘《あえ》ぐように流れに逆らいながら、のろのろと進んでいる。

舟を漕ぐ伝次郎はこれからのことをあれこれ思案していた。粂吉と与茂七がときどき言葉を交わしているが、伝次郎はその話に口を挟むことはなかったし、ほとんど耳に入ってはいなかった。

両国橋をくぐり抜け、百本杭《ひゃっぽんぐい》を横目に見ながら、御米蔵《おこめぐら》前を過ぎると、諏訪町河岸に舟をつけた。足半《あしなか》から雪駄に履き替えて舟を下りた。

今日も伝次郎は与力らしい羽織はつけていなかった。一見、その辺の町屋を歩く侍の姿だ。見方によっては浪人風情でもある。

伝次郎は与茂七を表に待たせ、粂吉を連れて浜磯屋の暖簾をくぐった。帳場に座っていた古番頭に与兵衛を呼んでもらうと、すぐに与兵衛が昨日と同じ硬い表情であらわれた。

「沢村様、お待ちしていました。どうぞこちらへ……」

伝次郎と粂吉はそのまま奥座敷にあがって、与兵衛と向かい合った。

「これはおれの使っている小者で粂吉という」

与兵衛は粂吉をちらりと見て頭を下げた。

「何か沙汰はあったか？」

「何もありません。で、ひとつお訊ねいたしますが、清吉を無事に取り返すことができたとしても、わたしは咎めを受けなければならないのですね」

与兵衛は気が気でないという顔だ。

「おのれのやったことを考えれば、聞くまでもなかろう」

与兵衛は「はあー」と、深いため息をついてうなだれた。

「邪《よこしま》なことを考えた報いだ。あきらめることだ」

与兵衛は黙したままうなずき、いまにも泣きそうな顔になり、

「この店は……」

と、蚊の鳴くような声を漏らす。

「金の用意はできているのか？」

「はい、支度してあります。あの、ご相談なんですが、清吉を無事に取り返すことができたら、磯松さんと内済《ないさい》ですませることはできないでしょうか。身代金など惜しくはありませんが、わたしはこの店を守らなければなりません」

「与兵衛、それはおぬしの勝手だ。内済にしても、磯松の夫婦次第であろう。されど、あの夫婦がこれまで味わった不安や心配を考えればどうであろうか。もし、清吉が無事でなかったなら、すべてはおぬしの邪な考えによって起きたことだ。その償いをするのはおぬしの責任であろう」

「まさか、こんなことになろうとは……」

与兵衛は涙ぐんで、手拭いで目を押さえた。

「ここから先はおぬしの心がけ次第だ。こうやっておれを待っていたことには感心いたすが、もし逃げようなどという気を起こしたら、おれは断じて許さぬ」

与兵衛は力なくうなだれた。

「おれは真先稲荷へ先に行き、沢野と関村の居場所を探るが、その二人の人相と体つきを教えてくれ」

与兵衛はぼそぼそした声で、沢野新右衛門と関村染三郎の特徴を話した。二人とも年は四十少し過ぎだった。沢野は総髪《そうはつ》で六尺（約一八二センチ）近い上背があり、狐のように目が吊りあがっているらしい。関村は中肉中背で色の黒い金壺眼《かなつぼまなこ》だという。

伝次郎はそのことを頭に刻みつけると、

「粂吉はここに残しておく。取引の場所近くまで、粂吉と行ってくれ。よいな」

与兵衛が「はい」と、小さくうなずけば、伝次郎は「頼んだぞ」という目で、粂吉と顔を見合わせた。

四

身の入らぬ帳付け仕事を終えた茂兵衛が、居間に行くと、

「あんた」

と、おくらが声をかけてきて、奥の座敷に目配せした。茂兵衛は阿吽《あうん》の呼吸で女房の意を汲み取り、そのまま奥座敷に行って腰を下ろした。すぐにおくらがそばに座り、

「どうするんです？　もう清吉がいなくなってから十三日もたつんですよ。いったいどうなっているんでしょう？　沢村様は昨日は見えなかったし、何の知らせもありません」

と、ため息をつく。

おくらは目の下に隈《くま》を作っていた。ここしばらく清吉のことが心配でならず、ろくに眠っていないせいだ。それは茂兵衛も同じで、食が進まず頬がこけていた。

「わたしも気になっているのだよ。沢村様は請け合ってくださりはしたが、ちゃんと捜してくださっているのか心配なのだよ」

「こうなったら沢村様だけを頼るのはやめて、一度御番所に相談したらどうでしょう」

「おまえさんの考えることは、わたしと同じだな。そのほうがよいかな」

「そうしましょう。だって清吉は生きているかどうかわからないんですよ。わたしたちは手を尽くして捜したけれど、さっぱりではありませんか。捜す手掛かりさえないのですよ。沢村様だけをあてにするのはやめたほうがいいと思うのです」

「よくわかる。わたしもそうしたいのだ。だけど、御番所に相談しても、清吉捜しに割かれる与力や同心はせいぜいひとりだろう。殺しやもっとはっきりした禍事ならば別らしいけれど……」

「ひとりでもいいではありませんか。沢村様と合わせて二人になるでしょう」

おくらは茂兵衛の膝に手を置いて揺するように動かした。

「おくら、わたしも迷っているのだ。こうなったら店のことを忘れて、そうしたほうがいいような気がする。早くそうすればよかったと後悔もしているんだ」

「だったら迷うことはないでしょう。これから御番所に行って相談しましょうよ。もうわたしたちの力ではどうにもできないではありませんか」

茂兵衛は視線を彷徨《さまよ》わせて考えた。女房の言うとおりだと思う。もう迷っている場合ではないかもしれない。

「しかし、御番所に相談するとなると、沢村様に一言断るべきではないだろうか」

「あんたはどこまで人がいいのよ。沢村様がどこにいるかわかっているの。昨日は見えなかったではないの。今日だって見えるかどうかわからないのよ。相談したあとに、断りを言ったって遅くはないでしょう」

「そ、そうか。そうだな……」

「もうわたしはじっとしていられないんです。いつまで、どれだけ心配をしなければならないんです。お願いです、御番所に行きましょう。清吉のためなんですよ」

おくらは必死の形相《ぎょうそう》で言うが、茂兵衛も気持ちは同じだ。ここしばらく仕事が手につかないし、身も入らない。安心して眠ることもできない。

「わかった、そうしよう。これからわたしが御番所へ行って話をしてくる」

「何をおっしゃるんです。わたしもいっしょに行きます。ひとりより二人で訴えたほうが、お役人も親身になってくれるはずです」

「そうかもしれぬ。よし、では善は急げだ」

茂兵衛は取るものも取りあえず、帳場へ出かけてくると声をかけ、おくらといっしょに店を出た。

「茂兵衛さん、おくらさん」

声をかけられたのは店を出てすぐのところだった。
相手は沢村伝次郎の妻・千草だった。

伝次郎は橋場町の外れ、思川《おもいがわ》の河口に猪牙舟を乗り入れたところで岸辺に舟をつけた。

そのまま川岸にあがり、与茂七といっしょに真先稲荷に向かった。与兵衛と相手の取引の刻限まで時間はたっぷりある。

「旦那、清吉と金の引き換えは真先稲荷の裏でしたね」

「そうだ」

二人はそのあたりに向かっている。

稲荷社のまわりは百姓地で、裏側（西側）には竹と雑木の混在する林があった。鳥たちの声がその林から聞こえてくる。

ちょろちょろと流れる小川を飛び越えて、林のなかに入り、あたりに目を凝らすが人の気配はなかった。

「まだ、来ていないんですよ」

与茂七がわかりきったことを言う。伝次郎は黙って足を進め、林を抜けた。朝日神明があり、その隣は播磨《はりま》姫路《ひめじ》藩の抱《かかえ》屋敷だ。

伝次郎は大川の畔《ほとり》まで出ると、真先稲荷社に入った。鳥居をくぐると大きな楠《くすのき》があり、砂利道が社殿までつづいている。参詣客もいなければ神社の者の姿もない。

湧水を利用した手水場《ちょうずば》があり、伝次郎はそこで水を飲んだ。与茂七も真似をして飲む。

「清吉を攫っている二人が隠れているとすれば、どこだと思う?」

伝次郎は与茂七に問うた。

「近くの百姓家か町屋のどこかでしょう」

「この近くの町屋なら、舟をつけた近くの橋場町ということになるか」

伝次郎は周囲に視線をめぐらしたあとで与茂七を見た。

「百姓地をおれがうろつけば目立つ。与茂七、近くの村を捜してくれ。もし何か見つかったら、猪牙を置いたところで待て。おれもそうする」

その場で伝次郎は与茂七と別れ、橋場町に足を運んだ。

ここは江戸の外れで、町屋と言っても小さな店がまばらにあるだけだ。川船番所があり、向島への橋場の渡しもある。

伝次郎は周囲に目を光らせながら通りを流し歩いた。総泉寺《そうせんじ》の大門につながる道のそばまで来たが、沢野新右衛門と関村染三郎らしき浪人に出会うことはなかった。そもそも侍の姿を見ないのだ。

(これではだめだな)

内心でつぶやいた伝次郎は、近くの自身番を訪ねた。

「南町の沢村伝次郎と申す」

戸口を入って、詰めている者に声をかけた。書役と番人がいるだけだった。

「何でございましょう?」

「ある者を捜しているのだが、子供連れの浪人を見なかっただろうか? 子供は十三歳だが、体は大きなほうだ。背丈は……おぬしぐらいはあるだろうか」

伝次郎は三十歳ぐらいの番人を見て言った。

「子連れの侍ですか?」

書役は番人と顔を見合わせてから、

「子連れのお侍は見ていませんが、いったい何があったんでしょう？」

と、伝次郎に顔を向けて目をしばたたく。

「子供連れの浪人を捜しているだけだ。詳しいことは話せぬ」

伝次郎はそう断ってから、沢野と関村の人相風体《ふうてい》を口にしたが、書役も番人も首をひねるだけだった。

五

約束の場所に戻ったとき、与茂七は思川の畔にある地蔵堂のそばに座っていた。

その顔を見ると、探索の結果は聞くまでもない。

「わからぬか……」

「旦那はどうです？」

尻を払って立ちあがった与茂七に、伝次郎は首を横に振り、あたりに視線をめぐらせた。

「どうします？　もう少し探ってみますか……」

「もう取引の刻限まで間もない。小腹を満たして、与兵衛と粂吉を待とう」

伝次郎はそのまま橋場町に戻った。小さなそば屋があったので、暖簾をくぐって窓際に座る。店の女が注文を取りに来ると、

「つかぬことを訊ねるが、子供連れの侍を見たことはないかね」

と、伝次郎は訊ねてみた。

「子供連れの侍ですか……」

店の女は首をかしげて、見ていないと答えた。伝次郎はかけそばを二人前注文して、表通りに目を向けた。雲が出てきたので、日が翳《かげ》ったり照ったりしている。

「清吉は無事でしょうか……」

与茂七が小さくつぶやく。伝次郎は顔を戻した。

「無事でいなければ困る」

「そうですね」

与茂七は神妙な顔になって黙り込んだ。

そばが運ばれてくると、二人は黙々と食べた。客がひとり二人と入ってきて、店が忙しくなった。客は近所の職人連中ばかりだった。

「旦那、まだ時はあります。もう少し探ってみましょうか」

「そうだな。ぼんやり待つのも考えものだ」

二人はそば屋を出ると、もう一度付近の探索にかかった。しかし、侍の姿は見るが、沢野や関村とおぼしき者に出会うことはなかった。また、百姓地を見廻《みまわ》ってもそれらしき侍や子供を見たという者もいない。

頭上にあったお天道様は、少し西に移動している。もう九つ半（午後一時）は過ぎているはずだ。これから目立つ動きは慎むべきだった。

「沢野と関村という浪人は、亀戸の空き家に清吉を連れ込み、そしてどこかに隠れ家を移している」

伝次郎は猪牙舟を置いている思川のほうに戻りながら言った。与茂七が怪訝《けげん》そうな顔を向けてくる。

「清吉を拐かしたのは磯松の近くだ。およう は万橋《よろず》の袂で待っていると、清吉と約束をしていた」

万橋は東堀留川に架かる橋で、堀江町と新材木町を結んでいる。

「そこから清吉を亀戸までどうやって連れて行ったのだろうか？」

「歩いて連れて行くのは難しいでしょう」

与茂七が答える。

「すると舟か……。舟だとすれば船頭を雇ったか、自分たちで舟を操ったことになるが……」

伝次郎は万橋から亀戸までの舟の経路を考えた。舟を操ることができれば、造作《ぞうさ》もないだろうが、素人なら大川をわたるだけでも大変である。

「関村か沢野のどっちかが舟を漕げるのでは……」

「もし、そうだとするなら、亀戸からこちらにも舟で来る、あるいはすでに来ていなければならぬ」

伝次郎がそう言ったとき、さっと与茂七が顔をあげた。

「旦那、近くに乗り捨てられた舟があるかもしれません」

「探してみるか」

伝次郎は与茂七に応じるなり、隅田川に向かった。思川の河口、橋場町の北外れには将軍用の御上り場《おのぼりば》があり、橋場の渡しがある。その近くには川船番所もある。

伝次郎と与茂七は御上り場から順番に河岸道を歩いてみた。つけられている舟は多くない。どれも古い荷舟か漁師舟で、猪牙舟はなかった。

「このあたりに見慣れぬ舟はないだろうか？」

橋場渡しまで来たとき、伝次郎は渡船場で煙草を喫《の》んでいた舟守《ふなもり》に声をかけた。

「ほっぽってある舟がありますよ。どうしてくれようかと思ってたんですがねえ」

舟守は煙管を掌《てのひら》に打ちつけて伝次郎を見た。

「どの舟だ？」

舟守は舟の番人をする者で、渡船を見守っている。腰をあげて渡船場の外れに案内して、「それですよ」と指さした。

それは普通の川舟だった。かすれた極印《ごくいん》があるので、人の持ち物だが、舟守はもう十日ばかり誰も引き取りに来ないと言った。

「旦那、その舟を使ったんですよ」

与茂七が目を輝かせた。もし、その舟を使ったのが沢野と関村だったら、十日前に清吉は亀戸からこちらに移されたことになる。今日で清吉がいなくなって十三日経つから、与兵衛とおようの証言とほぼ一致する。

「やつらはすでにこっちに来ているのだ」

伝次郎は背後を振り返った。だが、清吉を拐かしている二人の浪人がどこにいるかはわからない。

「お侍の旦那さん、何かあったんでございますか？」

舟守が声をかけてきた。

「いや、なんでもない」

伝次郎はそう答えて引き返した。

思川の河口に戻ると、しばらくして与兵衛と粂吉のやってくる姿があった。

六

「居場所はわかりませんか？」

粂吉がそばに来るなり伝次郎に聞いた。伝次郎は首を横に振り、与兵衛を見た。おどおどしていて落ち着きがなく、顔色もよくない。小さな風呂敷包みを抱いている。

「与兵衛、取引に使う金だ。これからはおまえの役目だ」

「は、はい。でも、大丈夫でしょうか？　あの二人がわたしを斬ったりはしないでしょうね」

「やつらの目あては金だ。おまえを斬るつもりはないだろう。それに、おれたちは近くにひそんでいる。もしものときには助太刀をする」

「はい」

与兵衛は心許なさそうにみんなの顔を眺め、

「それで、どうすればよいのでしょう？」

と、聞くまでもないことを口にする。

「少し早いかもしれぬが、真先稲荷の裏に行って待て。さ、行け」

伝次郎が肩を押すと与兵衛は何度も振り返り、思川に架かる小橋をわたって、真先稲荷の西のほうへ歩いて行った。

「取引場所の近くに雑木林がある。気取《けど》られぬように分かれてそこへ行く。おれが合図をするまで、おまえたちは手を出してはならぬ」

伝次郎は粂吉と与茂七に指図すると、先にその場を離れた。木立を利用して真先稲荷の裏にまわりこむ。

伝次郎が雑木林に入ってしゃがむと、しばらくして与茂七が近くにひそんだのがわかった。遅れて粂吉が樫《かし》の木の陰に身を隠し、伝次郎を見てうなずいた。

林のなかで鳥たちが鳴いている。吹きわたる風が竹を揺らし、笹同士が触れ合う乾いた音を立てた。

与兵衛は金を包んだ風呂敷を抱いたまま、雑草の生えている原に立ち、落ち着かない素振りできょろきょろとあたりを見まわしている。

与兵衛のいる場所の先は畑だ。その両側も小さな畑で、芋や栗が植えられている。栗畑の先は人の背丈ほどある土手になっており、その先も栗畑だ。

伝次郎はゆっくり視線を動かした。数本の無花果《いちじく》の木が右のほうにあり、その先に人影が見えた。

(来たか)

息を止めて見守っていると、その姿が日の光を受けてあらわになった。六尺ほどもある大男だ。それだけで沢野新右衛門とわかる。

だが、清吉ともうひとりの浪人・関村染三郎の姿はない。与兵衛は沢野に気づき、体を竦《すく》めた。

「与兵衛、金は持ってきたか？」

「は、はい、これに」

「わたすんだ」

沢野が与兵衛に近づいてゆく。

「あの、清吉はどこです？」

「金をもらってからだ。寄越せ」

「清吉は無事なんでしょうね。それをたしかめないと……」

「金をあらためるのが先だ。わたすんだ」

沢野は手を伸ばした。与兵衛は怖気《おぞけ》だった顔で後じさり、

「清吉はどこです？　無事をたしかめないとわたせません。清吉を見せてください」

と、声をふるわせながら言った。

伝次郎は勇《ゆう》を鼓《こ》した与兵衛に内心で感心した。

「こやつ」

沢野は舌打ちして、声を張った。

「染の字、出てこい」

その声で栗畑の奥に人が立ちあがった。関村染三郎だ。清吉の襟首をつかんでいた。

伝次郎は目をみはって清吉に視線を注いだ。思いの外《ほか》元気そうだ。ただ、後ろ手に縛られている。

「見たか。清吉はあのとおりだ。金を寄越せ」

「せ、清吉を放してください」

近くに身をひそめている伝次郎は、いつでも駆け出せるように中腰になった。

「新右衛門、金をたしかめろ。それが先だ」

関村に指図された沢野が、与兵衛に近づき金の入った風呂敷包みを奪うようにつかみ取った。そのまま金をたしかめ、口の端に笑みを浮かべた。

「染の字、金はもらった。清吉を放してやれ」

関村はドンと清吉の肩を押して倒した。清吉は小さな悲鳴を漏らしたが怪我をするほどではない。そのまま関村が栗畑から出てきた。

「与茂七、清吉を助けるんだ」

伝次郎は低声《こごえ》で指図するなり、林のなかから飛び出した。物音に気づいた関村と沢野が伝次郎を見て驚き、目をみはった。

「何やつだ！」

関村が怒鳴れば、

「与兵衛、はかったな！」

と、沢野が腰の刀を抜き払った。そのことに与兵衛は大いに慌てふためき、両手で空を掻くようにして逃げた。

伝次郎は一足飛びに駆けると、刀を抜いて与兵衛を追おうとした沢野新右衛門の前に立ち塞がった。

「南町奉行所与力・沢村伝次郎である。きさまらの悪事はここまでだ。観念いたすがよい」

「なにッ」

沢野は眦《まなじり》を吊りあげると同時に抜刀して斬りかかってきた。

伝次郎は体をひねりながらかわし、抜き様《ざま》の一刀で沢野の一撃を撥《は》ね返した。キーンと耳障りな音が野に広がり、沢野がよろけた。

伝次郎はすかさず間合いを詰めると、沢野の横腹をたたき、さらに後ろ首に柄《つか》頭《がしら》を打ちつけた。

大男の沢野はあっさり地にくずおれ動かなくなった。

「ヤッ、新右衛門……」

関村が倒れた沢野を見て、伝次郎に斬り込んできた。

伝次郎は関村の一撃を擦《す》り落とし、すかさず足を払い斬るように刀を振ったが、敏捷《びんしょう》にかわされた。そのことで両者の間が二間ほどになった。

伝次郎は青眼《せいがん》に構えて関村と対峙《たいじ》すると、

「粂吉、沢野を縛れ。そいつは死んではおらぬ」

と、指図した。

伝次郎は沢野の横腹をたたく寸前に刀の棟《むね》を返していたのだ。

「こうなったら相手が町方だろうが容赦せぬ」

関村が間合いを詰めてくる。黒い顔のなかにある金壺眼《かなつぼまなこ》に凶悪な光を宿していた。伝次郎は臍下《せいか》に力を入れた。関村に隙《すき》がないのだ。

(こやつできるな)

だが、伝次郎は動じることなく間合いを詰める。足許の雑草を踏みつけながら関村の動きを見る。関村も伝次郎の動きを警戒している。

さっと伝次郎が牽制《けんせい》の突きを見舞うと、関村は下がりながら擦り落とし、素早く刀を引きつけた。伝次郎はそのまま前に出た。

関村の刀が頭上にあげられ、唐竹《からたけ》割りに振り下ろされてきた。伝次郎は刀の棟に片手を添えて防いだ。ガチッと鋼《はがね》が鳴り、関村が下がった。

転瞬《てんしゅん》、伝次郎は地を蹴って前に跳び、関村の左腕に刀をたたきつけた。

「あうッ」

うめきを漏らした関村は体の均衡を失い、横に倒れそうになった。伝次郎はその一瞬を逃さず、関村の背後にまわりこむなり、左腕を首にまわして倒すと、喉元に愛刀・井上真改《いのうえしんかい》二尺三寸四分(約七一センチ)の切っ先を突きつけた。

「うっ……」

倒された関村は身動きできなくなり、顔を凍りつかせた。

七

関村染三郎を押さえた伝次郎は刀を取りあげ、「ふっ」と、ひとつ息を吐いてまわりを見た。与茂七に支えられるようにして立っている清吉が、歯を食いしばった顔をしていた。

「清吉、大丈夫か。怪我はしておらぬか？」

声をかけると清吉は、声もなくうなずいた。救出された安堵からか放心の体だ。

「旦那、こやつはどうします？」

沢野新右衛門を高手小手《たかてこて》に縛りあげた粂吉が聞いてきた。

伝次郎は沢野を凝視した。

「小賢《こざか》しいことをしやがって。おかげできさまらのことを突き止めるのに往生した。だが、観念することだ。粂吉、金は取り返したか？」

「へい、ここに」

粂吉は与兵衛が沢野にわたした金包みを懐から取り出した。

「与兵衛に返すんだ」

伝次郎はそう言ったあとで、押さえている関村を見た。

「やい関村、金を手にしてどうするつもりだった？　国許に戻る肚であったか？」

「……そのつもりだった」

「清吉のことはどうするつもりだった？」

「金を手にしたら、家に帰すだけだった。何も手は出しておらぬ。乱暴もしておらぬ」

「きさまらは清吉を亀戸に連れて行ったらしいが、歩いて行ったのではなかろう。舟を使ったか」

「そうだ」

「亀戸から橋場に来るときも……」

関村はうなずいた。

「よく舟を漕ぐことができたな」

「沢野が漕げるのだ。やつは印旛沼《いんばぬま》で漁をやっていた。田舎に戻ったら、また漁をやる。身共《みども》は畑を耕すだけであるが……」

伝次郎には沢野がどんな漁をやっていたかわからないが、おそらく舟を使っての漁なのだろう。いずれにせよ、この二人は半農半士の郷士身分なのだ。

「よし、立て」

命じられた関村がゆっくり立ちあがった。

「きさまらは、このまま江戸を去れ」

ハッと、意外そうな顔をして関村が金壺眼をまるくすれば、条吉と与茂七が「えっ」と、声を漏らした。

「旦那、それでいいんですか。こいつらは清吉を拐かし、浜磯屋から金を脅し取ろうとしたんですよ」

与茂七だった。伝次郎はそれにはかまわず、

「関村、沢野、目こぼしだ。だが、江戸を去らなければ、おれは容赦せぬ。関村、国許に帰ると言ったが、その言葉に偽りはないだろうな」

「……目こぼしをしてもらえるなら、おとなしく江戸を離れる」

関村はしおたれた顔で言って、沢野を見た。沢野も観念した顔でうなずいた。

「条吉、もうそやつのことはいい。縛《いまし》めを解いてやれ」

「いいんで……」

条吉は戸惑った顔をしていた。

「よい」

伝次郎が応じると、条吉が沢野の縛めを解いた。

「沢野、関村、このまま江戸を去るのだ。さ、早く去《い》ねッ」

伝次郎はそう言うなり、関村から取りあげていた刀を遠くに投げた。

その刀を拾いあげた関村は、鞘《さや》に納め、沢野に顎をしゃくった。二人は何度か伝次郎たちを振り返ったが、やがて木立の向こうに消えて見えなくなった。

「旦那、どうして目こぼしなんかを……」

条吉がそばにやって来た。

「考えがある。磯松に行く。与兵衛、おぬしもついてくるのだ」

伝次郎はそう命じてから、清吉のそばに行き肩に手を置いた。

「怖かったであろうが、よく辛抱したな」

伝次郎が声をかけると、清吉はそれまで堪《こら》えていた感情の糸が切れたのか、しくしくと泣き、家に帰りたかったとふるえる声を漏らした。

「もう何も心配はいらぬ。さ、まいろう」

条吉と与茂七は納得いかない顔をしていたが、伝次郎は何も言わずに猪牙に戻った。四人を舟に乗せると、思川から隅田川の流れに乗って下った。

日は西にまわっているが、日没までには十分な間があった。日の光を受ける川面がきらきら光り、ときどき水面に跳ねる魚があった。

川から見える江戸の町はいたって平穏に見える。

伝次郎は無言で棹を操っていたが、与茂七と清吉がときどき言葉を交わしていた。与兵衛はこの先のことに不安を覚えているらしく、条吉に自分はどうなるのでしょうかなどと訊ねていた。条吉はおれには何も答えられないと応じていた。

伝次郎は滑るように猪牙舟を下らせると、大川から日本橋川に入り、それから東堀留川に乗り入れた。万橋の先で猪牙舟をつなぎ止め、そのまま河岸道にあがって磯松を訪ねた。

「おぼっちゃん」

店に入るなり、帳場に座っていた番頭の小兵衛が清吉に気づいて尻を浮かした。土間にいた手代も目をまるくした。さらに、浜磯屋の与兵衛に気づいて目をしばたたいた。

「茂兵衛はいるか？」

伝次郎が問うと、小兵衛は急いで奥に知らせに行った。清吉は「おとっつぁん、おっかさん」と両親を呼んで、土間奥に駆けていった。

それと入れ替わるように帳場横から茂兵衛があらわれた。

「沢村様……」

と言ったあとで、与兵衛に気づき、「いったいどういうことで……」と、つぶやきを漏らした。

「詳しい話をする。邪魔をするぞ。みんなあがれ」

伝次郎は与兵衛を先にあげ、粂吉と与茂七もついてくるように促した。

奥座敷に入ると、おくらといっしょに千草があらわれたので、伝次郎はにわかに驚いた。

「おかみさん」

と、先に与茂七が声を漏らした。

「無事に連れ戻すことができたのですね。よかったです」

千草はそう言ってから言葉を足した。

「あなたから聞いたこと、あらかたお話ししました。もうすぐおようさんもここに見えるはずです」

伝次郎は小さくうなずいて、神妙な顔で腰を下ろした茂兵衛とおくらの前に座り、

「与兵衛、これへ」

と、自分の隣に促した。与兵衛はちんまりと座り肩をすぼめる。

「いったい与兵衛さん、あんたは……」

茂兵衛があきれ顔で与兵衛を見る。すると、おくらが口を開いた。

「与兵衛さん、何もかも聞きました。とんでもないことをしでかしてくれましたね」

おくらは腹立ちと安堵の入り混じった顔をしているが、怒りを収められない目つきだ。

「申しわけもございません。わたしの不徳のいたすところで、ご迷惑をおかけし……」

与兵衛は深々と頭を下げ、畳に額をすりつけた。

「まあ、言いたいことはいろいろとあるだろうが、少し待ってくれぬか」

伝次郎が間に入って言葉を挟んだ。そこへ、手代の案内を受けたおようがやって来た。

手代が去ると、おくらがおようをにらんでまくし立てた。

「およう、あんたって女はどうしようもないね。どれだけわたしたちが心配し、気を揉んでいたかわかっているのかい。清吉がいなくなったときから、あんたはなぜそうなったか知ってたんじゃないか。なぜ教えてくれなかったんだい。ひどいじゃないか。あんたの亭主がはかなくなったときだって、居ても立ってもいられなかったんだよ。野辺送りのときにだって、いいえ、わたしの心配を知っていながら」

「まあ。待ってくれ」

伝次郎は手をあげておくらの怒りを制した。

「腹立ちはよくわかる。だが、清吉は無事に帰ってきた。むろん、与兵衛とおようが咎めを受けるのはいたしかたないことだ。さりながら、このことを表沙汰にするのはいかがなものかと思うのだ」

「どういうことでしょう？」

おくらがキッとした目で見てくる。

「千草から話を聞いているらしいのでそのことは省くが、清吉を拐かした関村と沢野という浪人は国に帰った」

「えっ、どうしてでございます？」

茂兵衛だった。

「あの二人を牢に送り、お白洲の上にて裁きを受けさせるのは容易《たやす》いことだった。されど、そうなると、与兵衛もおようも咎人として召し出さなければならぬ。此度《こたび》のことを考えたのは与兵衛であるから、罪は決して軽くなかろう。手を貸したおようしかり。だがな、そうなると与兵衛が親から受け継いだ店はどうなる？　主が罪人になれば、店は立ち行かなくなる。与兵衛の女房と子供も辛い思いをし、苦労することになろう。奉公人も同じだ。おようは亭主を殺されただけでなく、奉公に出ている娘と息子を悲しませることになる。おくら、そなたとて血のつながった妹を心の底からは憎めないはずだ。もし、おようが罪人になれば、そなたは罪人の姉になるのだ。人の口に戸は立てられぬ。悪い噂が流されれば、肩身が狭くなりはしないか。この店の商売にもひびくだろう」

おくらは茂兵衛と顔を見合わせて、伝次郎に視線を向け直した。

「茂兵衛、おぬしとて腹の虫は治まらぬだろうが、よく思案をしてくれぬか。与兵衛はたしかに裁かれる身だ。だが、此度のことを悔いておる。おのれのしでかしたことがいかに愚かであったかと気づき、深く恥じ入っておる。そうでなければ、ここにはいないはずだ。それに、清吉を取り戻すために金の支度をし、わたしから逃げる素振りも見せず、二人の浪人との取引の場にも行った。いずれは咎めを受けると観念しながら、わたしに付き合ったのだ。それは少なからず悔い改めようという気持ちがあるからだと思うのだ」

「誠に申しわけございませんで……」

与兵衛は頭を下げたまま泣き声を漏らした。

「それに茂兵衛」

「はい」

茂兵衛は真摯《しんし》な顔を向けてきた。

「与兵衛の店は、そなたにとって本家のはずだ。先代は死んでいなくなっているが、その恩義は忘れていないだろう」

「それはもちろん」

「その先代の倅のやったことは許せることではない。そのことはわたしとてわかっている。与兵衛当人も十分わかっているはずだ。清吉が無事に帰ってきたいま、事を荒立ててもさほどの得はなかろう。先代への恩に免じて与兵衛を許してやったらどうだ」

伝次郎は静かに茂兵衛とおくらを眺めた。ここで許さない、どうしても裁きを受けさせたいと言われると、伝次郎は少し困ったことになる。沢野新右衛門と関村染三郎を逃がしているからだ。

だが、伝次郎は茂兵衛の人柄と、商人としての姿勢から強情は張らないだろうと考えていた。

伝次郎に諭された茂兵衛は、深く息をして天井を短くあおぎ見、それからゆっくり与兵衛に目を向けた。

「与兵衛さん、沢村様のありがたいお気持ちを汲んで、ここはまるく収めましょうか。そのほうがお互いのためでございましょう」

与兵衛がハッと顔をあげ、

「茂兵衛さん……」

と、声をふるわせて言うなり、ぽろぽろと大粒の涙をこぼした。

「あんた、それでいいのかい？」

おくらだった。茂兵衛はかぶりを振って、

「与兵衛さんはしっかり店を立て直そうとされている。ここでへそを曲げたことを言ったら、不幸になる人が増えるだけだ。清吉が無事に帰ってきただけでもありがたいと思ったほうがよいのではないか。正直なところ、殺されているのではないかと、身も細る思いをしていたんだ」

おくらはそうですねと、小さくつぶやいて折れた。

とたん、すすり泣きが伝次郎の背後でした。与茂七が片腕で目をしごいていた。千草も安堵の表情になりながら目を潤ませていた。

「与兵衛、さようなことだ」

「ありがとう存じます。茂兵衛さん、おくらさん、ありがとう存じます。このご恩決して忘れません」

「そんなことより、しっかり商売に精を出してください。先代に負けない人になってください。そうは言っても商売敵ではありますが……」

茂兵衛はそう言って苦笑いをした。

「ありがとう存じます。ありがとう存じます。姉さん、義兄《にい》さん、本当に申しわけありませんでした」

涙ながらに深々と頭を下げるのはおようだった。

「およう、あんたも改心しなきゃね」

最前と違い、おくらは姉の顔になっておようを眺めた。

八

伝次郎はすべてをまるく収めると、磯松を出た。粂吉と与茂七があとに従い、千草もついてきた。

表は夕日に照らされていて、まだ明るかった。

西の空にはきれいな茜雲が浮かんでいる。

「千草、おまえの店に行こうか。少し疲れたので一杯つけてもらいたい。粂吉、おまえも付き合え」

「へい、喜んでお供させていただきます」

粂吉が気持ちよく応じれば、

「旦那、おれもお供しますよ」

と、与茂七が顔を向けてくる。

「おまえは何も言わなくてもついてくるではないか」

伝次郎が言葉を返すと、与茂七が苦笑いをして盆《ぼん》の窪《くぼ》に手をあてた。

「与茂七、さっきはなぜ泣いたんだい？」

千草が聞いた。

「だって、旦那があんなに深く考えていたとは知らなかったし、情け深いことをおっしゃるじゃないですか。おれは、そんな旦那のそばにいられて嬉しくって……」

与茂七はまた泣きそうな顔になった。

「まあまあ、あんたも涙もろい男だね。ささ、まいりましょう」

「おっと千草、猪牙がそこにあるんだ。それでまいろう」

伝次郎はそう言って猪牙に乗り込んだ。遅れて三人が舟に収まると、伝次郎はゆつくり棹を使いはじめた。

「あ、思い出しました。あなた、どうして断ったのです？」

伝次郎が右舷《うげん》から左舷《さげん》へ棹を移したときに、千草が振り返った。何を言いたいのかすぐにわかった。磯松は清吉を無事に取り返すことができたら百両をわたすと約束していた。しかし、伝次郎はその申し出をあっさり断っていた。

「千草、野暮《やぼ》なことは言わぬことだ」

伝次郎が答えると、

「そうですね」

と、千草は感心顔でうなずき、まぶしそうに伝次郎を見た。

やがて猪牙舟は日本橋川に出た。夕暮れ迫る川に行き交う舟は少なかった。その川面は夕日に照り映えていた。

光文社文庫

文庫書下ろし／長編時代小説
神《かみ》 隠《かく》 し　隠密船頭《おんみつせんどう》（九）
著　者　稲《いな》 葉《ば》 稔《みのる》

2022年7月20日　初版1刷発行

発行者　鈴　木　広　和
印　刷　新　藤　慶　昌　堂
製　本　ナ　シ　ョ　ナ　ル　製　本

発行所　株式会社　光　文　社
〒112-8011　東京都文京区音羽1-16-6
電話（03）5395-8149　編　集　部
8116　書籍販売部
8125　業　務　部

落丁本・乱丁本は業務部にご連絡くだされば、お取替えいたします。
ISBN978-4-334-79392-0　Printed in Japan

組版　萩原印刷